Deseo

Hijo inesperado

LEANNE BANKS

Editado por HARLEQUIN IBÉRICA, S.A.
Núñez de Balboa, 56
28001 Madrid

© 2010 Leanne Banks. Todos los derechos reservados.
HIJO INESPERADO, N.º 1717 - 28.4.10
Título original: From Playboy to Papa!
Publicada originalmente por Silhouette® Books.

Todos los derechos están reservados incluidos los de reproducción, total o parcial. Esta edición ha sido publicada con permiso de Harlequin Enterprises II BV.
Todos los personajes de este libro son ficticios. Cualquier parecido con alguna persona, viva o muerta, es pura coincidencia.
® Harlequin, Harlequin Deseo y logotipo Harlequin son marcas registradas por Harlequin Books S.A.
® y ™ son marcas registradas por Harlequin Enterprises Limited y sus filiales, utilizadas con licencia. Las marcas que lleven ® están registradas en la Oficina Española de Patentes y Marcas y en otros países.

I.S.B.N.: 978-84-671-7974-3
Depósito legal: B-5402-2010
Editor responsable: Luis Pugni
Preimpresión y fotomecánica: M.T. Color & Diseño, S.L.
C/ Colquide, 6 portal 2 - 3º H. 28230 Las Rozas (Madrid)
Impresión y encuadernación: LITOGRAFÍA ROSÉS, S.A.
C/ Energía, 11. 08850 Gavá (Barcelona)
Fecha impresion para Argentina: 25.10.10
Distribuidor exclusivo para España: LOGISTA
Distribuidor para México: CODIPLYRSA
Distribuidores para Argentina: interior, BERTRAN, S.A.C. Vélez Sársfield, 1950. Cap. Fed./ Buenos Aires y Gran Buenos Aires, VACCARO SÁNCHEZ y Cía, S.A.
Distribuidor para Chile: DISTRIBUIDORA ALFA, S.A.

Prólogo

Era la una de la madrugada y los hermanos Medici estaban celebrando el Año Nuevo con una botella de whisky escocés y una partida de billar. Por una vez, Rafe estaba ganando a su hermano mayor, Damien. Sin embargo, Michael, el menor, le pisaba los talones.

—Acabemos con esto —Damien tiró y falló con las prisas.

—¿Estás ansioso por volver con tu esposa? —lo pinchó Rafe.

—Ya habrá salido de la ducha —dijo Damien con una sonrisa en los labios—. Pretendo empezar el año nuevo con buen pie.

—Nunca pensé que dejarías que una mujer se interpusiera entre tú y ganarme al billar —dijo Rafe, colando una bola en una tronera de esquina.

—Estás celoso porque no tienes a una mujer como Emma esperándote —replicó Damien.

Rafe no pudo evitar un pinchazo de dolor. Desde su desastroso romance con Tabitha Livingstone no había dejado que ninguna mujer lo afectara. Falló su siguiente tiro y masculló entre dientes.

—En eso tiene razón —Michael acertó su tiro—. Sí —clamó, triunfal. Preparó el siguiente y falló.

Damien miró su reloj y luego a sus hermanos. Dejó el taco y alzó la copa.

—Por los dos, para que este año encontréis una

mujer la mitad de buena que Emma –tomó un sorbo y salió de la sala.

–Ahora ganaré yo –Rafe realizó dos buenos tiros. Con dos más, ganó la partida.

–Has ganado –dijo Michael.

–Sí –afirmó Rafe, pero el triunfo no le supo tan dulce como había esperado.

–¿Qué quieres hacer ahora? –preguntó Michael, como si él también se sintiera perdido.

–Jugar al blackjack –repuso Rafe–. Puede que no tengamos suerte en el amor, pero apuesto a que alguno de los dos ganará dinero.

Capítulo Uno

La foto del periódico que había sobre la mesa llamó la atención de Rafe. La mujer del fondo le resultaba familiar. Lo miró de cerca y la identificó inmediatamente. Tabitha.

Se le encogió el estómago y lo asaltó una docena de emociones. Reconocía el sedoso pelo rubio aunque hubiera oscurecido, los ojos azules de mirada sexy y el cuerpo capaz de enloquecer a un hombre, al que ella había sacado mucho partido. Había conseguido que Rafe girase a su alrededor y luego lo había aprisionado hasta casi sofocarlo.

–Ese negocio debe de ser muy importante si hace que dejes South Beach –dijo su hermano Michael.

Rafe se esforzó por volver al presente.

–No me importa viajar por el cliente adecuado. Éste ya compró dos yates de lujo y tiene unos amigos que desean alquilar –a Rafe tampoco le importaba quitarle trabajo a Yates Livingstone. De hecho, disfrutaba torturando al padre de Tabitha, pero eso se lo callaba–. ¿Y tú? El negocio parece ir bien –dijo Rafe, mirando a su alrededor. Su hermano había convertido el bar en el nuevo lugar de moda de Atlanta–. El toque mágico de Michael triunfa de nuevo.

–Sabes que no es así –Michael soltó una risotada–. Me mato a trabajar.

–Como todos los Medici –dijo Rafe, pensando en

su hermano mayor–. Damien estaría de acuerdo, pero sólo hasta cierto punto, ahora que está felizmente casado –volvió a mirar el periódico. Le costaba creer que una vez se hubiera planteado un futuro con Tabitha.

–Eh, no estás escuchando una palabra de lo que digo –se quejó Michael–. ¿Qué miras?

Rafe estrechó los ojos al ver al niño pequeño que había junto a Tabitha. Pensó que la muy mentirosa había estado viéndose con otro mientras prendía fuego en su cama. La había descubierto intentando seducir a uno de sus clientes.

–¿Conoces al tipo de la silla de ruedas? –preguntó Michael.

–¿Qué…? –Rafe hizo una pausa y echó un vistazo al artículo sobre un veterano de la Marina que estaba creándose una nueva vida a pesar de sus discapacidades. Se preguntó qué diablos haría Tabitha con él. Era una chica rica y mimada.

Arrugó la frente y estudió la foto de nuevo. El niño, de pelo oscuro y rizado, parecía tímido. Rafe echó cuentas y sintió un escalofrío. Parecía un Medici. Aunque ella lo hubiera engañado, podía ser hijo suyo.

–Rafe, estás rarísimo –dijo su hermano, con voz de alarma.

–Ya, bueno… –sacudió la cabeza y señaló el artículo–. ¿Sabes dónde está esto?

–Sí, no está en el mejor vecindario –Michael alzó una ceja–. No te recomendaría que pasaras mucho tiempo allí después del atardecer.

Rafe miró su reloj. Maldijo al ver que eran las once de la noche. Cerró el puño con rabia. Descubriría si tenía un hijo o no.

–¿Qué ocurre? –preguntó Michael.

–No estoy seguro, pero lo descubriré a primera hora de la mañana.

Nicole Livingstone se arrebujó en el abrigo para protegerse del frío de enero. Atlanta estaba al sur, pero las temperaturas podían rondar los cero grados centígrados. Fue hacia su coche y se fijó en un hombre alto y guapo que iba hacia ella.

Si hubiera sido de las que flirtean, ése habría sido su momento. El hombre lucía una chaqueta de cuero negro y andaba con zancadas largas y poderosas. El viento le había alborotado el cabello moreno. Cejas pobladas enmarcaban sus ojos oscuros y tenía las mejillas enrojecidas por el frío. Lo único negativo era que apretaba los labios, como si estuviera disgustado por algo.

Desvió la mirada.

–Tabitha –dijo el hombre, deteniéndose ante ella–. Tabitha Livingstone.

–No soy... –lo miró asombrada de que conociera el nombre de su hermana.

–No intentes engañarme. Tú y yo nos conocemos muy bien.

Nicole tomó aire, entre decepcionada y excitada. La habían confundido con su hermana muchas veces, pero su problema era que nunca sabía cómo había tratado Tabitha a la persona en cuestión. Dado que su hermana había muerto hacía unos años, explicar el error solía conmocionar a su interlocutor.

–Soy Nicole Livingstone. La gemela de Tabitha –observó al hombre digerir la noticia. Su rostro pasó de la incredulidad a la confusión.

–Nunca me habló de una gemela.

–Le gustaba guardarlo como sorpresa –Nicole soltó una risita nerviosa–, por si alguna vez tenía que culpar de algo a su malvada gemela...

–Hum –frunció el ceño y se frotó la barbilla–. ¿Dónde está ella?

Nicole se mordió el labio. Sintió un pinchazo de dolor que la sorprendió. Creía haber superado la muerte de su hermana, pero parecía que no.

–Murió hace tres años.

–No lo sabía –la miró con sorpresa.

–Tuvo una infección muy grave y los médicos no pudieron salvarla. La gente creía que, dada su testarudez, sobreviviría a cualquier cosa. Su muerte nos conmocionó a todos.

–Lamento tu pérdida –dijo él, con cierta dureza en la mirada. Le ofreció la mano. Ella la aceptó y la sorprendió su fuerza y calidez.

–Gracias. ¿Quién eres tú?

–Rafe –contestó él–. Rafe Medici.

A ella le pareció que el mundo se tambaleaba. Su corazón se aceleró como si acabara de sonar una alarma de incendios en su interior. Tardó un momento en retirar la mano. Necesitaba alejarse de él lo antes posible.

–Gracias otra vez. Adiós.

Empezó a rodearlo, pero él tocó su brazo. Se mordió el labio y esperó, sin mirarlo.

–En el periódico vi una foto tuya con un niño. ¿Era hijo de Tabitha?

–Es mío –dijo ella, notando que se le subía la sangre a la cabeza–. Joel es mío.

–¿Tuvo Tabitha un hijo antes de morir?

–Joel es mío. Tengo que irme –contestó. Siguió por la acera hasta su coche, que estaba en el aparcamiento. Con el corazón desbocado, abrió la puerta y subió. Estaba cerrándola cuando Rafe Medici la detuvo.

–Señor Medici –gimió ella, sintiendo terror.

–Mi padre murió cuando yo era pequeño. Fue una pérdida terrible. No querría eso para un hijo mío –dijo él.

Su expresión compasiva la sorprendió. Su hermana lo había descrito como un egocéntrico.

–Por favor, apártese de mi coche. Tengo que irme –consiguió decir con su tono más frío.

Él apartó la mano lentamente, escrutándola. Por lo visto no era fácil intimidarlo. Pero era lógico: le sacaba más de una cuarta de altura y, a juzgar por la anchura de sus hombros, podría alzar en brazos a tres mujeres como ella.

–Hasta luego –dijo él.

Nicole cerró la puerta y arrancó el motor, rezando para que no hubiera ningún «luego».

Joel estaba a punto de cumplir cuatro años y había creído que estaban a salvo. Al fin y al cabo, no había habido rastro de Rafe Medici en el funeral de su hermana. Ni flores, ni nada. Se incorporó a la autopista bañada en sudor frío, con la mente girando como un torbellino.

Nicole llevaba una vida discreta. Tabitha había sido quien llamaba la atención. Pero había llevado a Joel a conocer a uno de sus pacientes, porque tenía una colección de maquetas de dinosaurios. Un reportero, que escribía un artículo sobre veteranos de guerra discapacitados, los había sorprendido allí y había publicado su foto en el periódico. Pura cuestión de mala suerte.

Apretó los dedos sobre el volante y se preguntó si debería irse con Joel de inmediato. Pero era un niño tímido y parecía irle muy bien en su aula de educación infantil.

Recordó la mirada de determinación de Rafe y se estremeció. Consideró sus opciones. Su madre vivía al otro lado del mundo, en Francia. Podría irse allí con Joel un tiempo. Pero su madre llevaba una vida social muy activa y un niño interferiría con su estilo de vida.

Tabitha habría recurrido a su padre y lo habría adulado para sacarle dinero, pero Nicole limitaba el contacto con su padre al mínimo. Después de lo que había hecho...

Inspiró profundamente para calmarse. Siempre le habían dicho que era la gemela práctica. Se le ocurriría algo. Protegería a Joel por encima de todo, eso era indudable.

Rafe, mientras la observaba salir del aparcamiento, supo que había mentido. Había sentido un cosquilleo en la mano izquierda que nunca lo engañaba. Esa mujer significaría problemas. Posiblemente más que Tabitha, si eso era posible.

Tabitha había actuado como si disfrutara viviendo con él, pero pronto había descubierto que sólo le interesaba su dinero. Nunca había entendido su avaricia, dado lo rico que era su padre. Recordaba cómo le había suplicado que le dejara ocuparse de vender algunos de sus yates. Él había accedido, pensando que estaba ganándole la partida al poderoso Conrad

Livingstone con la ayuda de su hija. Pero había salido trasquilado. Ella le había mentido para llevarse más comisión y había intentado seducir a uno de sus clientes, un príncipe. Sin éxito.

Estrechó los ojos y fue hacia su coche de alquiler. No sería difícil descubrir la verdad sobre Tabitha, Nicole y Joel. Subió al vehículo, arrancó el motor y llamó a su hermano.

–Hola, Rafe, ¿qué pasa? –preguntó Michael.

–Necesito el nombre de un buen investigador privado, rápido y discreto –contestó.

–De acuerdo. ¿Tiene esto algo que ver con tu extraña actitud de anoche?

–Es posible –admitió Rafe.

–¿Significa eso que te quedarás en mi casa una noche más?

–Sí, a no ser que suponga un problema.

–No. Pero estaré fuera casi todo el tiempo. Acabo de encontrar una empresa que puedo comprar barata. ¿Quieres contarme de qué va el asunto? –inquirió Michael.

–Lo haré cuando lo sepa. Dame el teléfono –Rafe quería respuestas e iba a conseguirlas.

Tras recibir un informe preliminar del detective, Rafe se reunió con un abogado.

–¿Hasta qué punto puede Nicole Livingstone batallar por la custodia?

–Puede luchar, pero si no demuestra que eres un padre inadecuado no ganará. Sólo necesitas una prueba de paternidad que demuestre que el niño es tuyo. Será fácil conseguir una orden judicial.

Rafe pensó en los años que le habían robado de la vida de su hijo. La amargura le revolvió el estómago. Todo era culpa de los Livingstone.

–Esta gente me ha engañado de la peor manera posible. Quiero llevarme a Joel cuanto antes.

–No tan rápido –el abogado alzó la mano.

–¿Por qué no? –exigió Rafe–. Acabas de decirme que conseguiré la custodia sin problemas.

–Cierto. Pero tienes que pensar en el bienestar de tu hijo. ¿De veras quieres separarlo de la única persona a la que conoce desde que nació? Por lo que parece, Nicole Livingstone ha cuidado muy bien a Joel. ¿Estás de acuerdo?

–Sí –admitió él, a su pesar.

–Legalmente, puede que tengas derecho a llevártelo. Pero ¿cómo se sentirá Joel si lo apartas de la mujer a la que conoce como madre?

A Rafe se le encogió el estómago. Él había pasado por una experiencia similar: había perdido a sus padres de niño, aunque no tan pequeño. El trauma había hecho que se sintiera perdido durante años. Aunque no le gustaran los Livingstone, tenía que reconocer que Nicole había sido una buena madre para Joel.

Parecía distinta de Tabitha, pero era pronto para saberlo con seguridad. Le costaba creer que se pareciera tan poco a su hermana y a su padre.

Sintió una oleada de amargura. Por fin tenía la oportunidad de vengarse de los Livingstone, quitándoles a Joel para siempre. La idea era gratificante, pero egoísta. Tenía un hijo en quien pensar y eso lo desconcertaba.

Nicole podría serle útil. Distaba de ser su tipo: no

llamaba la atención y mantenía su sensualidad bajo control. Sin embargo, lo había intrigado sexualmente. Sospechaba que cuando se dejaba ir era explosiva y que el hombre adecuado podría encender su mecha. En otras circunstancias habría intentado satisfacer su curiosidad, pero estaba en juego algo mucho más importante: su hijo.

La noche siguiente, tras cenar y dar un baño a Joel, Nicole lo ayudó a ponerse el pijama y se sentó a su lado, en la cama.

–¿Qué cuento te leo hoy? –preguntó.

Sintió un pinchazo en el corazón cuando el niño levantó cuatro libros y la miró esperanzado. Era su sobrino, pero lo veía como su hijo. Y se había asegurado de que lo fuera en los tribunales.

–¿Cuatro? Creía que hoy sólo iba a leerte dos.

–Pero me gustan todos éstos –dijo el niño, mirándolos. Era obvio que le costaba elegir.

–Bueno, pero sólo esta vez –suspiró ella. Sabía que volvería a convencerla al día siguiente. Disfrutaba de ese rato incluso más que él.

Él se sentó en su regazo y abrió el cuento de la fresa gigante y el ratón que quería comérsela.

Nicole se preguntó si volvería a saber de Rafe Medici. Se había relajado un poco al no tener más noticias de él la noche anterior ni a lo largo del día. Su miedo inicial casi la había llevado a sacar a Joel del país.

Tabitha había muerto cuando Joel tenía seis meses y el niño veía a Nicole como a su auténtica madre.

Nicole se había sentido unida a él desde el día de

su nacimiento. Había sido un parto difícil y ella había estado con su hermana en todo momento. Tabitha había desarrollado una infección en el hospital y los seis meses siguientes habían sido una locura. Nicole había pedido días libres en el trabajo para cuidar de madre e hijo.

Tabitha se había impacientado con el médico y había dejado de tomar la medicación con regularidad. Había insistido en salir de fiesta por la noche, mientras Nicole cuidaba de Joel.

Una noche se había desmayado y la llevaron al hospital. La infección se había extendido por todo su cuerpo y falleció una semana después.

Nicole, devastada y conmocionada, había solicitado la custodia legal de Joel, siguiendo las instrucciones de Tabitha. Su padre los había invitado a vivir con él, pero lo había rechazado. Se negaba a someter a Joel al carácter impredecible de su padre.

Aunque la amenaza que suponía Rafe Medici seguía rondándole la cabeza, acurrucó a Joel contra su pecho y le leyó el segundo cuento y el tercero. A mitad del cuarto, el cuerpecito de Joel se derrumbó sobre el suyo. Nicole sonrió. Lo tapó, besó su frente, apagó la lámpara y salió de la habitación.

Fue a la salita y el silencio la envolvió como un manto. Al principio, tras la muerte de Tabitha, le había costado sobreponerse al pánico que sentía ante la labor de criar al hijo de su hermana. No sabía si sería capaz, pero había comprendido que no había otra opción y que tendría que hacerlo.

Tras superar con éxito la dentición, la varicela y la retirada de los pañales, no cuestionaba tanto su capacidad. Joel era un niño feliz y sano.

El silencio simplemente subrayaba el hecho de que estaba sola. Encendió el equipo de música y puso una selección de pop. Por puro hábito, empezó a revisar unos documentos de trabajo.

Nicole era consciente de su soledad cuando Joel se iba a la cama. Su madre vivía en la otra punta del mundo y no podía fiarse de su padre.

Daba gracias a Dios por contar con Julia, su prima. Julia solía regañarla para que saliera más, pero a Nicole le costaba dejar a Joel por la tarde. El hombre con el que Nicole había estado saliendo antes de la muerte de Tabitha no había querido asumir la responsabilidad de una familia ya formada. Tal vez, en el momento adecuado, un hombre volvería a entrar en su vida. Un hombre normal, que no fuera un egocéntrico obsesionado con el éxito. Pero ese día aún no había llegado.

Se concentró en el trabajo para distraerse. Media hora después, llamaron a la puerta. Eran las ocho y media. Fue a la entrada y, cautelosa, miró por la mirilla. El corazón le dio un vuelco. Su peor pesadilla estaba en el porche.

Capítulo Dos

Nicole se planteó no abrir, pero no quería que Rafe Medici siguiera pulsando el timbre y despertase a Joel. Tomó aire, abrió y lo miró en silencio, preparándose para la batalla que sabía que estaba por llegar.

–Joel es mi hijo –dijo él con voz dura.

–Joel es mío, legalmente y en todos los sentidos que importan –replicó ella de inmediato. No le costó que su voz sonara fría, se le había helado la sangre en las venas.

–Tabitha era su madre –dijo él, curvando los labios con una sonrisa amarga–. No me sorprende que no me lo dijera; sólo me quería para divertirse, pero no como algo permanente en su vida.

–Tabitha expuso sus deseos en su testamento –alegó Nicole–. Sabía que Joel necesitaba un hogar estable y lleno de cariño.

–Joel se merece conocer a su padre –dijo Rafe, con ojos brillantes de ira–. Eso se le ha negado durante casi cuatro años.

–Te aseguro que Joel no ha sufrido estando a mi cuidado. Es mi prioridad.

–Eso no cambia el hecho de que también necesita un padre –Rafe miró hacia dentro de la casa–. ¿Vamos a seguir discutiendo esto en el porche, o vas a dejarme entrar?

Ella, con desgana, se hizo a un lado. No pudo evitar fijarse en cómo su cuerpo alto y musculoso llenaba el diminuto vestíbulo.

–Si despiertas a mi hijo, no dudaré en llamar a las autoridades pertinentes para que te saquen de mi casa.

–No suelo tener necesidad de alzar la voz –dijo él con un tono que rezumaba poder y solidez.

De inmediato, Nicole pensó que con esa seguridad en sí mismo no le haría falta gritar y maldecir como había hecho el padre de ella. Tal vez conseguía cuanto deseaba con sólo una mirada autoritaria. Miró sus enormes manos y sintió un pinchazo de miedo. «A no ser que utilice los puños», pensó.

Tabitha nunca había dicho que la hubiera golpeado, pero sí que era un tipo fuerte y dominante. Un hombre poco sofisticado, pero encantador en un primer momento al que, por lo visto, había subestimado.

–Es hora de que conozca a mi hijo –dijo él.

–No quiero que la vida de Joel se vea perturbada –contestó ella con aprensión–. Es feliz y se siente seguro. Conocerte lo confundiría. Además, está claro que no sabes nada de niños, lleva acostado más de una hora.

–En algún momento, se dará cuenta de que tiene un padre. Cuanto más tarde sea, más nos lamentaremos ambos del tiempo perdido. Tengo derechos legales. Si es necesario seguir ese camino, lo haré.

–No te atrevas a amenazarme –Nicole lo miró a los ojos–. ¿Qué tienes tú que ofrecerle? ¿Dónde vives? ¿En una especie de yate de playboy? ¿Qué clase de vida es ésa para un niño?

–Estoy dispuesto a hacer cambios por mi hijo –Rafe apretó los labios–. Tendría que estar viviendo conmigo. Puedo contratar a alguien que me ayude.

—¿Contratar a alguien? —la sangre de Nicole empezó a hervir—. ¡Eso es muy paternal! No creo que quieras una relación real con Joel. Sólo quieres tener el control, justo como dijo Tabitha.

Rafe la miró fijamente y Nicole comprendió que había dicho demasiado. Él se puso las manos en las caderas y la recorrió con la mirada.

—¿Qué te contó Tabitha de mí?

Ella, nerviosa, dio un paso atrás.

—Me dijo que le dabas miedo. Que os conocisteis en un club en Miami y tuvisteis una aventura que duró unos meses. Al principio le pareciste guapo y encantador, aunque menos pulido que sus novios habituales. Hacia el final de la relación, te convertiste en una persona que quería controlarla —calló antes de decirle que Rafe le había recordado demasiado a su padre.

Rafe inspiró, dilatando las aletas de la nariz. Su expresión era serena, pero sus ojos brillaban.

—Y tú aceptaste su opinión sobre mí como si fuera la Biblia. Sin conocerme siquiera.

—¿Por qué no iba a creerla? —Nicole parpadeó—. Ella era mi hermana.

—Entonces, sabrás que no era perfecta.

—Nadie es perfecto.

—A algunas personas se les da mejor mentir que a otras —apuntó él.

—Si estás insinuando que Tabitha mentiría sobre algo tan importante como esto...

—¿Es que no mentía sobre otras cosas importantes? —preguntó él.

Ella iba a protestar, pero titubeó.

—Nada así de importante.

—No me conoces. Me has juzgado basándote en la

opinión de una mujer veleidosa. ¿Eres tan inconstante como ella?

–No –respondió ella impulsivamente, pero se arrepintió de inmediato. Frase a frase, él parecía estar ganándole la partida. Tenía que proteger a Joel–. No permitiré que te burles de mi hermana, la madre de Joel. Tabitha tenía sus fallos, como todo el mundo. Adoraba la vida y acabó entregándola, prácticamente, cuando dio a luz a Joel. Quiero que te vayas de aquí.

Notó que él controlaba su impaciencia.

–Tengo derechos, Nicole. Soy el padre de Joel. ¿Y si no soy el hombre que Tabitha decía que era? ¿Cómo vas a explicarle eso cuando empiece a preguntar dónde está su padre?

Ella sintió la semilla de la duda e intentó apartarla, sin éxito.

–Tengo que protegerlo.

–Te daré una noche para que le expliques quién soy. Pasado mañana vendré a conocerlo.

–Es demasiado pronto –dijo ella con pánico.

–Es razonable –contestó él con firmeza.

Al día siguiente, Nicole visitó a su prima, Julia. Le contó lo de Rafe después de que Julia acostara a su hija de dos meses.

–Lo mejor será que cooperes –le dijo Julia, sentándose en el sofá de cuero y dándole un palmadita en el brazo.

–Tiene que haber algo que pueda hacer –Nicole se mordió el labio.

Julia era práctica en todas las áreas de su vida. Por eso dedicarse a las leyes era ideal para ella.

—Hay muchas cosas que puedes hacer, cielo, pero costarán una tonelada de dinero y levantarán un muro de resentimiento entre el padre de Joel y tú. ¿Estás segura de querer seguir ese camino?

—Pero, ¿y si es un padre horrible? —Nicole suspiró—. Y si es un... —casi no pudo decir la palabra en voz alta—. Maltratador —susurró.

—Eso sería otro cantar —Julia alzó su taza de infusión y tomó un sorbo—. ¿Tienes razones para creer que lo sea? ¿Qué te contó Tabitha?

—Dijo que era un abusón y que le recordaba a nuestro padre.

Julia asintió, despacio. Conocía la oscura realidad de la familia de Nicole.

—Entiendo que eso te alarme.

—Alarmarme es quedarse muy corto.

—Sé que Tabitha y tú estabais muy unidas, pero sabes que era muy dada a las exageraciones.

—Sí. Pero, ¿respecto a algo tan importante?

—No voy a ponerme de parte de ese hombre, pero me imagino a Tabitha llamando abusón a alguien que no la dejara salirse con la suya.

—Es posible —aceptó Nicole, a su pesar.

—Mira, no estoy sugiriendo que entregues a Joel sin descubrir más sobre ese hombre...

—Nunca renunciaré a Joel —dijo Nicole, con la voz cascada por la emoción.

—Deberías considerar qué gana este hombre reclamando sus derechos sobre Joel. Lo has descrito como un playboy exitoso y rico. No necesita el dinero que Tabitha pueda haberle dejado a Joel. Muchos hombres saldrían corriendo en dirección opuesta. Sobre todo el tipo de hombre que has descrito.

Nicole se mordió el labio de nuevo, al recordar lo que había dicho Rafe sobre haber perdido a su padre de niño. Tal vez no fuera el ogro que Tabitha había descrito.

–Por difícil que te parezca, mi consejo es que intentes conocer a ese hombre. Es el padre de Joel y por eso tiene todas las cartas en la mano. Si quisiera, podría quitarte a Joel mañana; tú, en el mejor de los casos, sólo conseguirías retrasarlo.

A las cinco y media de la tarde, Rafe llegó a la bien cuidada casa de dos plantas de Nicole Livingstone. Llevaba pizza y unos pasteles. Cargado de información obtenida de su abogado y del detective privado, llamó a la puerta.

La puerta se abrió y Nicole lo miró, intranquila. Tomó aire con fuerza, como si se estuviera preparando para una batalla, y miró la pizza. Esbozó una sonrisa irónica.

–Buena elección. A Joel le encanta la pizza.

–¿Le gusta con *pepperoni*? –preguntó él, sorprendido al ver que se había ablandado.

–Depende del día. A veces lo quita y se lo come, a veces lo deja en el plato.

–También he traído pasteles –dijo él, señalando la bolsa de plástico.

–Mucho azúcar antes de acostarse puede ser mortal –contestó ella, dubitativa.

–Sólo uno. Piénsalo, me he perdido cuatro cumpleaños.

Sus miradas se encontraron. Él captó un destello de empatía y arrepentimiento en la de ella. Lo absorbió como una esponja seca absorbe el agua. El detective le había dado muchos datos sobre Nicole. De su educación: tenía dos licenciaturas, en administración médica y sociología; su trabajo: coordinadora de servicios de salud para veteranos discapacitados; su situación financiera: fantástica; su vida amorosa: muy limitada; su devoción hacia Joel: infinita. Estaba claro que Nicole tenía corazón y eso trabajaría a su favor.

–Ni sueñes que voy a dejarle comerse cuatro pasteles esta noche –lo retó ella, desafiante.

–Bien. Yo pensaba comerme al menos uno.

–Entra –sus labios se curvaron con media sonrisa–. Ve despacio y no hables del futuro.

–¿Por qué no?

–Porque eso aún no lo hemos comentado. De momento, Joel ya tiene bastante con haberse enterado de que tiene un padre.

–¿Hablas por Joel o por ti? –la retó Rafe.

–No puedes pensar que sabes lo que le conviene mejor que yo –repuso ella, irritada.

–Sé que soy su padre. Eso me basta.

–Te estoy pidiendo que no hables de planes de futuro con él –apretó los dientes.

–Pienso dejarle claro a Joel que puede contar con mi presencia en su presente y su futuro –concedió Rafe–. Eso, por esta noche.

–Ya es bastante saber que existes y estás aquí. Créeme, eso ya es abrumador –se dio la vuelta–. Iré a buscarlo.

Rafe sintió una oleada de excitación. Su hijo estaba a punto de entrar en su vida. Un niño de pelo castaño, corto y rizado, con ojos azules, se acercó a él y lo estudió.

–Mamá dice que eres mi padre.

–Sí, es verdad.
–Tienes pizza –dijo Joel, mirando la caja.
–Así es –Rafe soltó una risita.
–Tengo hambre.
–Entonces comeremos.

Fue así de sencillo. Minutos después, Nicole, Joel y Rafe estaban comiendo pizza. Esa noche Joel fue bueno y se comió el *pepperoni*, después de arrancarlo de la pizza.

–¿Cuáles son tus tres cosas favoritas? –le preguntó Rafe, fascinado por el enorme parecido físico entre su hijo y él.

–La Wii, leer cuentos y los animales –contestó Joel, antes de dar un bocado a la pizza.

–¿Qué clase de cuentos? –Rafe ansiaba tener más información sobre su hijo.

–Me gusta el cuento de la fresa –Joel dio otro mordisco a la pizza–. Salen un ratón y un oso.

–Ése no lo he leído. Tendré que buscarlo.

–Puedes leer el mío –ofreció Joel–. Pero tienes que devolverlo porque es mi favorito.

–Vale –Rafe sonrió–. Gracias.

Después de cenar y tomar un pastel, Rafe jugó en la Wii con Joel. Había notado que Nicole lo había estado estudiando toda la tarde, como si estuviera poniéndole nota. Le daba igual su opinión, pero sabía que ella podía hacer que Joel se adaptara mejor a la idea de tener un padre. Si le plantaba batalla, él ganaría, pero el proceso sería complicado y desagradable.

No se parecía nada a la Tabitha que él recordaba. Tabitha había parloteado sin cesar y exhibido su cuerpo con descaro. Nicole pensaba antes de hablar. Sus vaqueros, sin ser ajustados, hacían justicia a la curva de sus caderas y a sus largas piernas, y su suéter de cachemira rosa era femenino pero discreto.

Se preguntó si se relajaba alguna vez. Y qué haría falta para tornar su mirada cautelosa en apasionada.

–Es hora del baño y de acostarse –dijo Nicole.

–No, mamá –protestó Joel–. Quiero jugar un poco más con la Wii. Él es mucho mejor que tú.

Rafe soltó una risa y tosió para disimularla. Nicole lo miró de reojo, divertida.

–Vendré otro día y podremos jugar más –le dijo Rafe a su hijo.

–¿Lo prometes? –el niño lo miró fijamente.

–Lo prometo –se le tensó el pecho con una emoción extraña y nueva para él.

–Bueno –aceptó Joel. Subió a su dormitorio.

Nicole acompañó a Rafe a la puerta.

–Gracias por no presionarlo.

–Eso ha sido por esta noche –la miró a los ojos–. Me gustaría verte mañana. Hay cosas que tenemos que hablar sin que Joel esté delante.

–Estoy de acuerdo –aceptó ella, sorprendiéndolo–. Tengo varias citas, pero estaré libre sobre las doce y media.

–Podríamos comer en uno de los restaurantes de mi hermano. ¿Que tal el Peachtree Grill?

–Sí, me parece bien.

Rafe pensó que seguía tratándolo con mucha formalidad y decidió recordarle que él era un hombre y ella una mujer. Agarró su mano y frotó la parte interior de la muñeca con el pulgar.

–Gracias por ayudarme con esto –dijo.

–Eh, de nada –sorprendida, retiró la mano.

Él vio que se frotaba la muñeca como si le quemara y sintió un puntito de satisfacción. La dama no era tan fría como simulaba.

Nicole notó que se le aceleraba el pulso cuando aparcó ante el restaurante donde iba a reunirse con Rafe. Inspiró profundamente y se dijo que la reacción se debía a la amenaza que suponía, no a su atractivo masculino.

Le había ido bien con Joel el día anterior, pero no era significativo. Sólo habían sido dos horas. Agarró el bolso, se estiró la chaqueta de lana y fue hacia el restaurante. Una mujer, que llevaba un minivestido negro y botas la recibió en la puerta.

–He quedado con Rafe Medici –dijo Nicole, notando que el restaurante estaba casi lleno.

–Una chica afortunada –dijo la mujer, sonriente–. Venga por aquí. Ay, mire, las camareras lo están acosando.

Nicole alzó la mirada y vio a tres mujeres vestidas con minifalda y blusas blancas que estaban ante el reservado donde se sentaba Rafe.

–Disculpad –la mujer carraspeó–. Ha llegado la cita del señor Medici.

Nicole deseó corregirla. No iba a una cita, sino más bien a una sesión de inquisición. Las tres camareras miraron a Nicole con envidia.

–Disfruten de la comida –la mujer y dos de las camareras se alejaron de la mesa.

Rafe se puso en pie y tocó la mano de Nicole.

–Me alegro de verte. ¿Quieres beber algo?

–Un café estará bien –dijo ella. El corazón le dio un vuelco al ver cómo la miraba. Se obligó a desviar la vista y se sentó en el banco de cuero.

–¿Con leche? –preguntó la camarera.

–No, gracias. Solo –miró a Rafe y no pudo evitar notar lo guapo que era. Si Joel salía como él, tendría que quitarle a las chicas de encima a manotazos. No eran sólo el pelo oscuro, los rasgos atractivos y el gran cuerpo de Rafe lo que derrumbaba las defensas de una mujer. La vivacidad de sus ojos y su boca expresiva eran impactantes. Iba a tener que esforzarse para no ser una más de la multitud de mujeres que se desmayaban a sus pies.

–¿Qué tal la mañana? –preguntó él, tomando un sorbo de su taza de café.

–Productiva –dijo, sorprendiéndose de que pudiera interesarlo–. Visité a tres clientes y organicé servicios adicionales para uno de ellos.

–He oído que gustas a tus clientes y que la comunidad médica opina que eres como un bulldog, pero aun así te respeta.

–¿Y dónde has oído eso? –preguntó ella, mientras le servían el café.

–De un detective –encogió los hombros–. No te molestes en indignarte. No querías hablar conmigo, así que tuve que hacer averiguaciones. ¿No habrías hecho tú lo mismo en mi caso?

–¿Es un buen detective? –preguntó ella, irritada porque alguien cotilleara en su vida.

–Mucho. ¿Por qué lo preguntas?

–Tal vez pueda contratarlo para que me dé información sobre ti.

Rafe la miró retador y luego se echó a reír.

–Adelante, pero puedo ahorrarte el dinero. Pregúntame lo que quieras. Soy todo tuyo durante la hora siguiente.

Capítulo Tres

Nicole se preguntó cuántas mujeres se habían arrancado la ropa al ver su sonrisa traviesa. Entendía muy bien que Tabitha se hubiera dejado seducir por él. Tenía un atractivo eléctrico, igual que uno de esos atrapamoscas que achicharraban a todo bicho volador que se acercara.

–Háblame de tu familia –le sugirió, después de que ambos pidieran la comida.

–Como te dije, mi padre murió cuando yo era niño. Fue un accidente de tren. Uno de mis hermanos murió con él –sus ojos se velaron de dolor y ella sintió una punzada en el corazón–. Mi madre no se sentía capaz de atendernos sola, así que mis hermanos y yo fuimos a familias de acogida –cerró el puño–. Nuestro mundo se rompió en pedazos.

–Eso debe de haber sido muy difícil –comentó ella, compasiva, aunque seguía teniendo dudas sobre la capacidad de Rafe como padre.

–Lo fue, pero muchas cosas lo son en la vida. Yo tuve más suerte con mi familia de acogida que mi hermano mayor. Él se emancipó antes de acabar el instituto.

–Caramba –ella había llevado una vida protegida, en un internado–. ¿Qué hace ahora?

–Dirige una empresa de gran éxito y unas cuantas cosas más. Acaba de casarse –sonrió levemente–. Haría cualquier cosa por su esposa, y ella por él –el destello de envidia en su expresión fue tan rápido que Nicole se preguntó si lo había imaginado–. No todo el mundo tiene tanta suerte. Él se la merece. Puedo ser generoso, por fin conseguí ganarle al billar –bromeó Rafe.

–Parece una familia interesante –comentó ella, envidiando la camaradería que oía en su voz.

–Apuesto a que es muy distinta de la tuya.

–La mía era... –hizo una pausa–. Distinta, eso seguro.

–¿En qué sentido? –preguntó él.

La camarera llegó con la comida y se fue.

–A Tabitha y a mí nos enviaron a un internado a los ocho años. A mí me gustaba más que a Tabitha –Nicole movió la cabeza, riéndose al recordar ciertas escenas–. Ella era muy alocada. La habrían expulsado si yo no hubiera... –calló, respetando su voto de silencio de entonces.

–Si no hubieras, ¿qué?

–Bah, es historia pasada –desechó el tema agitando la mano.

–Diría que vuestra personalidad es muy distinta. Os parecéis físicamente, pero ella tenía el pelo más claro, ¿no?

–Ella era rubia de corazón. Iluminaba cualquier habitación en la que entraba.

–¿Y tú?

–Cuando crecimos, no solía ir a los mismos sitios que ella. Yo estaba estudiando un master y trabajaba como profesora auxiliar.

–¿La envidiaste alguna vez?

–Alguna –dijo ella, recordando el momento en

que Tabitha había dado a luz a Joel. Nicole había deseado lo mismo, pero nunca había permitido que ningún hombre se acercara tanto–. Por otro lado, creo que ser el alma de la fiesta implica mucho trabajo. Para algunas personas, es lo más natural. ¿Para ti, por ejemplo?

–Yo no era el alma de las fiestas –enarcó una ceja oscura–. Estaba más interesado en sobrevivir. La gente hace de todo por la supervivencia.

–Nunca lo había pensado así –comentó Nicole, recordando cómo Tabitha había conseguido manejar a su padre, a diferencia de ella.

–Tu madre está en Francia, ¿no?

–¿Más datos de tu detective?

Él sonrió, impenitente.

–Vive en Francia con un hombre más joven, de la pensión que le pasa mi padre.

–¿La ves alguna vez?

–No mucho. Está muy ocupada viviendo todo lo que se perdió estando casada con mi padre.

–¿Y a él?

–No estamos unidos –admitió ella, desviando la vista. Era una relación muy oscura–. Lo veo cada dos o tres meses.

–Yo habría pensado que le interesaría un heredero para su negocio. Un nieto tendría que ser un gran orgullo para él.

–Supongo que la idea de un nieto lo es. Pero mi padre tiene sus prioridades y yo las mías. Ha expandido su negocio en el mercado internacional y pasa mucho tiempo de viaje.

Al morir Tabitha, su padre había insistido en que él debería de ser el tutor de Joel. La segunda defensa de Nicole había sido que él pasaba mucho tiempo lejos de la ciudad. La primera, sin embargo, había creado una fea tensión entre ellos.

—¿Quién te ayuda con Joel?

—Tengo una prima que acaba de tener una niña —dijo Nicole, inquieta por el giro de la conversación—. Estamos muy unidas. Cuento con todo su apoyo, pero cumplo con casi todas mis responsabilidades como madre sola. He elegido la mejor escuela infantil y he organizado mi trabajo para tener flexibilidad si necesito un día libre.

—Eres una superhéroe.

—No. La mejor madre sustituta que puedo ser.

—Él te llama mamá.

—Eso me resultó difícil al principio, pero luego comprendí que Joel necesitaba sentirse como si tuviera una madre. Y yo lo era para él.

—¿Qué más quieres saber de mí? —inquirió él.

—Todo —se rió—. Absolutamente todo. ¿Qué opinas sobre el castigo corporal?

—¿Sobre la pena de muerte? —la miró confuso.

—No. Sobre pegar a los niños.

—Ah —exclamó él, comprendiendo—. A mí me pegaban de pequeño, pero tiene que haber un método mejor. No salir, nada de pasteles, nada de Wii. Algo tiene que funcionar. ¿Qué opinas tú?

—Todas esas cosas —dijo ella, sorprendida porque le hubiera devuelto la pregunta—. He tenido suerte con Joel. Responde muy bien a ese tipo de castigo. Y si hay algún área problemática, intento usar un sistema de recompensas. Hemos utilizado pegatinas de estrellitas alguna vez.

—Pegatinas de estrellitas —repitió él—. A mí me las

daban cuando leía un libro, limpiaba el baño, fregaba el suelo o sacaba matrícula de honor.

—¿Sacabas matrícula a menudo? —preguntó ella, curiosa.

—No tanto como tú, seguro. Jugaba al fútbol.

—Ah, un deportista —dijo ella, sin pensarlo.

—Y tú una empollona. Una empollona guapa.

—Empollona sin más —corrigió ella.

—No habrías mirado dos veces a un futbolista de clase baja como yo —se burló él.

—Bah, no sé —sospechaba que, más bien, lo habría deseado en silencio—. Siempre envidié a los que tenían dotes atléticas.

Él soltó una carcajada profunda y grave.

—¿A qué clase de chicos atormentaste en el instituto?

—A ninguno —Nicole recordó a un empollón de una escuela para chicos cercana, que había estado loquito por ella—. Bueno, puede que a uno o dos. Pero solía dejarle eso a Tabitha. Ella nació dispuesta a seducir al mundo.

—¿Y tú?

—Yo nací tímida, tentativa y callada. Necesitaba pensarme las cosas.

—¿Y ahora? ¿Dónde está el hombre de tu vida?

—El hombre de mi vida es Joel —contestó ella con voz fría—. Mi vida amorosa y mis festejos pueden esperar. ¿Podrían en tu caso?

—¿Es eso lo que te asusta? ¿Mi estilo de vida?

—Tengo que pensar en qué es lo mejor para Joel.

—Mentiría si dijera que soy un monje o un santo, pero no alcancé el éxito pasando todas las noches de juerga. En contra de lo que piensas, he trabajado una barbaridad.

–No pretendía sugerir... –se disculpó Nicole.
–Y si te preocupan las mujeres...
–Yo...
–Mis gustos han cambiado en estos últimos cinco años. Ya no permitiría que una heredera malcriada me hiciera girar a su alrededor para luego arrancarme las entrañas.

Nicole recibió la confesión como un puñetazo en el estómago. Por lo visto, había tenido sentimientos por su hermana. Tabitha le había hecho creer que Rafe la consideraba un juguete que él podía controlar, pero eso no cuadraba con lo que acababa de oír.

–Creo que sería buena idea que contrataras a ese detective. Diablos, yo pagaré la cuenta. Puedes contratar a uno distinto si no te fías.

Ella se preguntó si la estaba retando. No parecía entender que haría cualquiera cosa por proteger a Joel.

–Sospecho que tú sólo contratarías al mejor, así que aceptaré tu recomendación. Pero lo pagaré yo –miró su reloj–. Tengo que irme. Gracias por tu tiempo y por la comida –miró el plato casi lleno. Los nervios le habían quitado el apetito.

–Te acompañaré –dijo él, levantándose.
–No hace falta. He aparcado justo enfrente.

Empezó a ponerse la chaqueta y él se acercó para ayudarla. El caballeroso gesto era una prueba más de que tal vez no fuera un monstruo. Cabía la posibilidad de que Tabitha hubiera mentido.

Rafe la escoltó a través del concurrido restaurante. Era de esos hombres que atraía las miradas, su seguridad y encanto eran como un imán. Le abrió la puerta y se rió por lo bajo. Ella lo miró interrogante.

–No estoy acostumbrado al invierno. Me dejé la chaqueta en el despacho de mi hermano. Él me dirá que soy un inconsciente. Yo le diré que me envidia porque él no puede vivir en el trópico durante el invierno.

–Por favor, dile que el restaurante está muy bien –dijo ella, sonriente.

–¿Aunque apenas hayas probado la comida?

–Habría sido agradable que no hubieras mencionado eso –dijo ella, avergonzada porque quería proyectar una imagen de seguridad.

–Se puede ser agradable o estúpido. A veces hay que elegir una cosa o la otra. Dejaré que le des tu opinión a mi hermano en persona. Lo conocerás. Tú y yo no hemos hecho sino empezar.

La expresión de sus ojos era casi sensual, ridículo, dada la situación. Nicole se dijo que era un seductor empedernido y seguro que flirteaba hasta con mujeres de noventa años. Tal vez eso fuera parte de su atractivo.

–Entonces, adiós por ahora –se despidió. Subió al coche y arrancó, deseando que él no la afectara tanto. No podía dejarse engañar por su encanto. Cuando llegara a casa, llamaría al detective y le pediría un informe completo sobre Rafe Medici.

No se fiaba de él. Y si no podía ser un buen padre para Joel, tendría que huir del país con el niño. Eso le permitiría mantener a Joel a salvo si Rafe resultaba ser un maltratador. Después de acostar a Joel, prepararía un plan de emergencia para escapar de Rafe Medici si hacía falta.

***

Hacía mucho frío, pero Rafe contempló el coche hasta que desapareció de su vista. Nicole era demasiado seria y formal para su gusto, pero cuando sonreía irradiaba calidez y su risa grave le provocaba un cosquilleo interior. Era una de esas mujeres a las que un hombre tenía que ganarse.

Rafe pasó el resto del día trabajando, en casa de Michael. Aunque estaba cansado, por la noche tardó mucho en rendirse a un sueño agitado.

Las llamas lo rodeaban y oía gritos. Vio el rostro de su padre contraerse de dolor. Luego oyó su grito agónico y sintió terror.

«¡Papá, papá!», chilló su hermano Leo.

Rafe corrió hacia su padre y hacia Leo con el fin de salvarlos. Cuando se acercaba, una pared se irguió ante él. Era transparente, podía ver a través de ella, pero no atravesarla.

Golpeando la pared, observó a su padre y a su hermano sufrir mientras las llamas los devoraban.

«Papá... Leo...» gritó. Le sangraban los nudillos de golpear la pared.

El rostro de su padre se volvió ceniciento, del color de la muerte. El grito de Leo resonó en su cerebro. Rafe corrió, desesperado por salvarlos.

Un calambre le agarrotó la pantorrilla, despertándolo. Soltó una palabrota y se sentó en la cama, jadeando. Estaba cubierto de sudor y el corazón le golpeteaba en el pecho.

Tardó unos segundos en comprender que había sido una pesadilla. Un sueño recurrente desde que supo que su padre y Leo habían fallecido en el accidente de tren. Había pasado infinidad de noches intentando rescatarlos; era demasiado tarde, pero seguía queriendo hacerlo.

Inspiró profundamente, se levantó de la cama y paseó de un lado a otro del dormitorio. El sudor empezó a secarse. Había sido un sueño, pero años atrás le había parecido muy real. No podría haber hecho nada al respecto cuando ocurrió y esa trágica verdad lo atenazó por enésima vez. Seguía sin poder hacer nada. Volvió a tomar aire.

Rafe pensó en Joel y Nicole. Por ellos sí podía hacer algo, y lo haría. Nada iba a detenerlo. No volvería a sentirse impotente.

A la mañana siguiente, estaba trazando un plan cuando el timbre de su BlackBerry interrumpió sus pensamientos. Miró la pantalla identificadora.

–Maddie –le dijo a su ayudante–. ¿Qué ocurre?

–Hola. El señor Argyros está en la ciudad y ha preguntado por ti más de una vez. Tengo la impresión de que desea comprar.

–Siempre ha trabajado con Livingstone en el pasado. Puede que sólo busque un trato mejor.

–Cierto –admitió ella.

Él sintió un familiar pinchazo de ansiedad: el de la posibilidad de ganar.

–¿Cuánto tiempo estará en la ciudad?

–No estoy segura, pero creo que mencionó que estaría tres días más.

Rafe se pasó la mano por el pelo y suspiró. Estaba acostumbrado a tomar decisiones rápidas y difíciles. Se enfrentaba a una más difícil de lo habitual, pero eso no lo detuvo.

–Escucha, necesito que me busques una casa.

–¿Una casa? –repitió su asistente–. Caramba. ¿Tienes alguna idea en concreto?

–Tengo un hijo. Necesito hacer cambios. Mi hijo volverá a Miami conmigo.

–¿Un hijo? –musitó ella, tras un largo silencio.

–Sí. Y también llevaré a su... –estrechó los ojos un momento–. Madre.

–Oh.

–Es complicado.

–Suena como si lo fuera –aceptó ella.

–Te daré más instrucciones mañana.

–Tenemos que salir hacia Miami pasado mañana –declaró Rafe en su visita sorpresa, la noche siguiente.

–¿Disculpa? –Nicole lo miró boquiabierta.

–Es cuestión de negocios. No puedo retrasarme más y no me iré sin Joel.

–¿Por qué no? –a Nicole se le encogió el estómago–. Joel ha estado bien conmigo.

–Joel es mi hijo y no lo dejaré atrás.

–No es tan fácil –Nicole sintió un escalofrío. Joel ni siquiera te conoce. ¿Tienes idea de lo traumático que será para él alejarse de todo lo que conoce?

–Ven con él.

Nicole parpadeó. Había pasado la tarde anterior con el detective privado y preparando un plan de emergencia para salir del país con Joel.

–No sé qué decir –musitó.

–Si Joel es tu prioridad, como dices, tendría que ser una decisión fácil.

–Pero tengo un trabajo.

–Pide un permiso.

–Haces que suene muy fácil.

–Lo es –la miró con empeño–. ¿Qué es más importante para ti? ¿Tu seguridad o la de Joel?

–La seguridad de Joel, por supuesto –tomó aire–. Pero no entiendo las prisas. ¿Por qué no puedes ir a ocuparte de tu negocio y concertar otra visita de acercamiento el mes que viene?

–Nada del mes que viene –negó con la cabeza–. Ahora. Mi hijo va a vivir bajo mi techo. Quiero la custodia total. Puedes ayudar o quitarte de en medio. Puedo conseguir una orden judicial para mañana por la mañana.

–¿Cómo se supone que voy a organizarme tan rápido? ¿Empaquetarlo todo?

–No te preocupes del equipaje. Puedo pagar todo aquello que Joel y tú necesitéis o queráis.

–No lo entiendes –movió la cabeza–. La seguridad no siempre proviene del dinero y las cosas. Proviene de las personas y la familiaridad.

–Yo le daré eso a Joel. Mi hogar se convertirá en el suyo –hizo una pausa–. ¿Vas a venir o no?

–No me das ninguna opción.

–Eres muy valiosa para mi hijo. Te garantizo que tendrás una buena compensación económica.

–No quiero dinero –protestó ella colérica–. Si lo quisiera, podría recurrir a mi padre y seguirle el juego. Puede que no seas mejor que él –escupió las palabras, como si fuera el peor insulto.

–Pronto lo descubrirás –Rafe se encogió de hombros–. Mi avión privado nos llevará a Miami el jueves por la mañana. Hazme saber qué necesitas, pero estate preparada para entonces.

–¿Por qué quieres a Joel? No es como si fueras a prestarle atención, o como si estuvieras sufriendo.

¿Por qué tenerlo contigo cuando es obvio que le va de maravilla sin ti? –exigió ella.

–Puede que ahora esté de maravilla, pero nadie puede predecir el futuro. Ni siquiera tú. No permitiré que mi hijo pase por lo que yo pasé. Lo protegeré con cada centavo de mi fortuna.

–Un padre es más que dinero y fortuna –alegó ella, que lo sabía mejor que la mayoría de la gente–. ¿Qué hace falta para que lo entiendas?

–Tendré tiempo de aprender lo que necesite saber sobre cómo ser un padre para Joel cuando lo tenga conmigo, a partir de pasado mañana.

Airada, nerviosa y llena de miedo, Nicole consiguió un permiso de su jefe y empezó a hacer el equipaje. Tenía que llevarse los libros y los peluches favoritos de Joel, así como su manta, el montaje de fotos de Tabitha y su libro de recortes.

Aterrorizada por la idea de perderlo, funcionaba a ritmo acelerado. Tenía que concentrarse en lo que había que hacer, no en su miedo. En el fondo de su mente rondaba el plan de escapar con Joel del país, si Rafe resultaba ser un mal padre.

Mientras colaborara con él, retrasaría el inicio de las acciones legales. De momento, aún tenía el pasaporte de Joel y la posibilidad de huir.

Nicole trabajó todo el día y cuando recogió a Joel de la guardería, describió el viaje a Miami como una aventura.

–Pasarás algo de tiempo junto al océano.

–¿Podré nadar? –preguntó Joel, animado–. ¿Utilizaré mis flotadores para los brazos?

—Sí, o un chaleco salvavidas —asintió ella—. Y subirás en un barco grande. Rafe tiene muchos.
—¿Igual que el abuelo? —preguntó Joel.
—Más o menos —Nicole rezó para que Rafe no fuera como su padre—. Allí hace más calor que aquí. No tendrás que llevar abrigo.
—¿Vendrás conmigo? —preguntó Joel con voz preocupada, tras un largo silencio.
—Claro que sí, cielo.
—¿Y te quedarás conmigo?
—Siempre cuidaré de ti. Para mí eres lo más importante del mundo —dijo ella, emocionada. Joel soltó un suspiro de alivio.
—¿Nadarás conmigo?
—Claro —Nicole sonrió.
—¿Y podré llevarme mi cuento favorito?
—Ya está en la maleta. Puedes mirar mi lista y decirme si falta algo que quieras, ¿Vale?
—Vale.
Nicole lo miró de reojo y vio que sonreía.
—Me voy a la playa, yupi —gritó él.

Rafe dio las últimas instrucciones a su ayudante. Alzó la vista y vio a Nicole con Joel de la mano. Suspiró con alivio. Una parte de él había temido que Nicole encontrara la manera de escabullirse al final.

Aunque su expresión era fría, algo en ella lo reconfortaba. No sabía si era su actitud protectora respecto a su hijo, su voluntad de retarlo, su misteriosa belleza o una combinación de las tres cosas lo que tenía ese efecto en él.

Sabía que no podía fiarse de Nicole. Era la gemela de Tabitha y tenía que compartir algunas características con la mujer que lo había traicionado. Se habían desarrollado en el mismo vientre y crecido juntas; habría sido un milagro que algunas de las carencias de Tabitha no se repitieran en su hermana. Pronto lo descubriría. Pero, de momento, ella le resultaba útil.

Miró a su hijo y, como saludo, alzó el puño cerrado. Joel alzó el suyo y golpeó el de él.

–Tú también, mamá –pidió.

–No hace falta, cielo –Nicole se sorprendió.

–Sí que hace –Rafe, incapaz de resistirse, alzó el puño hacia ella–. ¿Lista para el viaje? Parece que te has apañado de maravilla –comentó, mirando el equipaje.

–No tenía otra opción.

–Ahora puedes relajarte. Estás en buenas manos –dijo él, tocando su brazo.

–Ya veremos.

Él se enervó al oír su tono dubitativo; no estaba acostumbrado a que lo cuestionaran. Aparte de Tabitha, ninguna mujer había expresado nada excepto confianza total en él. Nicole no tardaría en ver que podía superar cualquier reto con éxito. La relación con su hijo no sería una excepción.

Capítulo Cuatro

Nicole ayudó a Joel a acomodarse junto a la ventanilla. El niño, emocionado porque era su primer viaje en avión, no apartó la vista del cristal durante el despegue. Rafe estaba trabajando.

Nicole se relajó en el asiento de cuero del lujoso jet privado y aceptó el zumo y el café que llevó la azafata. Había crecido rodeada lujos, pero había aprendido a vivir sin ellos cuando fue a la universidad. Independizarse de su padre le había importado más que todo lo que su dinero podía comprar. Se dijo que tenía que evitar acomodarse demasiado a la riqueza de Rafe: sólo estaría en su casa de forma temporal.

–Nicole –dijo Rafe, en voz baja–. Ven aquí un momento –señaló el asiento contiguo al suyo.

Ella se acercó con cautela, como si fuera un depredador. Igual que una pantera, Rafe era bello por fuera, pero podía ser despiadado por dentro.

–En cuanto aterricemos, un coche nos recogerá para llevarnos a nuestro nuevo hogar. Luego…

–¿A tu yate? –preguntó ella.

–No. Le pedí a mi asistente que buscara una casa. Si no nos gusta, podemos elegir otra –dijo él–. Puedes llamarla con cualquier consulta que tengas, si yo no estoy disponible. Te daré sus números de contacto. He pedido a parte del personal de servicio del yate que se traslade a la casa. El chef es una maravilla, sabe hacer desde *sushi* hasta comida gourmet francesa e italiana.

–Pero, ¿sabrá hacer sándwiches tostados de queso? –no pudo resistirse a preguntar ella.

Él calló un segundo y esbozó una leve sonrisa.

–Podemos iniciar la transferencia legal de la custodia dentro de un par de...

–¿Disculpa? –a ella se le cayó el alma a los pies–. ¿Transferencia legal? –cerró los puños.

–Por supuesto –asintió él, escrutándola–. Habrá que hacerla antes o después. ¿Para qué esperar? Soy el padre de Joel y tendré su custodia.

–Según tengo entendido –tragó saliva–, puede que el tribunal designe a alguien para que facilite la transición –dijo.

–Ésa serás tú. Sería una tontería que fuera otra persona. Conoces a Joel mejor que nadie. No hay por qué traumatizarlo.

–Vale –sintió cierto alivio–. También habrá visitas de los servicios de asistencia social.

–Sólo es una formalidad –arrugó la frente.

–Querrán comprobar que eres un buen padre.

–Mi experiencia personal con los asistentes sociales es que tienen demasiado trabajo para ocuparse de casos en los que un progenitor tiene voluntad y medios para ocuparse de su hijo.

Ella se llevó el dedo a los labios al ver que alzaba la voz. Miró a Joel por encima del hombro. El niño seguía absorto, mirando por la ventana.

–No fui yo quien dictó las normas.

–Soy su padre biológico. Eso debería de ser más que suficiente.

–Técnicamente, no has probado tu capacidad de ser padre. Los servicios sociales querrán asegurarse de que cuidas bien de él.

–No cuento con que haya interferencias –farfulló él, frunciendo el ceño. Lo ofendía que alguien cuestionara su derecho a educar a Joel.

Tras el aterrizaje, una limusina conducida por un chófer los condujo por un camino bordeado de palmeras y buganvillas a una enorme mansión con columnas blancas a ambos lados de la entrada. Era enorme incluso para Nicole.

La limusina se detuvo y Rafe la miró. Nicole sintió un extraño cosquilleo en el estómago que se dijo tenía que ser por hambre, nada más.

–¿Qué te parece? –preguntó él, con media sonrisa–. Tiene piscina, pistas de tenis, varios jacuzzis, un jardín trasero para Joel…

–¿Vives aquí? –preguntó Joel con los ojos abiertos de par en par.

–Vivimos aquí –corrigió Rafe.

El chófer abrió la puerta y ayudó a Nicole a bajar del coche. Rafe le puso una mano en la espalda y la guió escalera arriba.

–No se parece a nuestra casa de Atlanta –dijo Nicole. Se preguntó si Joel podría ser feliz en esa gran mansión y si sería capaz de dejarlo solo allí.

–Quería un sitio en el que Joel y tú estuvierais cómodos –dijo él.

–Habrá que establecer normas estrictas sobre la piscina –dijo ella, optando por centrarse en la seguridad y no en su placer porque la hubiera incluido–.

Tal vez incluso un sistema de alarma. No podría perdonármelo si le ocurriera algo.

–Buena idea. Haré que Maddie se ocupe de eso inmediatamente.

–¿Maddie?

–Mi ayudante. Aquí llega –aclaró. Una bonita mujer de pelo corto y rubio salió de la casa y fue hacia ellos. Llevaba pantalones de vestir, blusa y zapatos de tacón. Emanaba seguridad en sí misma.

–Hola, soy Maddie. Tú debes de ser Nicole –dijo, ofreciéndole la mano–. Te pareces mucho a tu hermana. El color de pelo y el estilo de ropa es distinto, pero...

–¿La conocías? –preguntó Nicole.

–Trabajaba para Rafe a tiempo parcial cuando estuvieron saliendo. Y Joel es un encanto –añadió–. Es la viva imagen de Rafe.

–Con los ojos de Tabitha –interpuso Nicole.

–Maddie, ¿podrías enseñarle la casa a Nicole mientras hago unas llamadas? –preguntó Rafe.

–Claro –sonrió de oreja a oreja–. Vivo para servir.

Nicole se preguntó si entre ellos había algo más que una relación de trabajo, pero se recordó que no era asunto suyo.

–Os veré después –Rafe deslizó la mano por su brazo y ella sintió un cortocircuito mental.

Maddie guió a Nicole y a Joel al interior de la casa. Del vestíbulo fueron a la cocina, el comedor, dos salas de estar, una biblioteca y sala de juegos con mesa de billar, un dormitorio principal y las dependencias destinadas al ama de llaves. La puerta trasera daba al patio y a la piscina. Más allá había pistas de tenis y una verde pradera.

–No podrás meterte en la piscina si no estás con una persona adulta –le dijo Nicole a Joel, arrodillándose ante él–. ¿Entendido?

–¿Y si tú no estás? –preguntó el niño, mirando la tentadora agua azul con anhelo.

–Tendrás que esperar a que esté. Prométemelo.

–Lo prometo –dijo el niño.

–Buen chico –Nicole besó su mejilla.

–Habrá otras personas que puedan nadar con...

–Cuando sea mayor –Nicole cortó a la joven–. En temas de seguridad, a veces no hay segundas oportunidades.

–Aún tenemos que ver la planta de arriba –masculló Maddie, algo resentida.

Los guió a través de varios dormitorios y cuartos de baños, junto con un cuarto de juegos que Joel empezó a explorar de inmediato. Aunque hacían falta más muebles para que la mansión pareciera un hogar, a Nicole la impresionó cuánto habían avanzado ya.

–¿Cómo has hecho esto tan rápido? –preguntó.

–Rafe y yo llevamos mucho tiempo juntos –Maddie se rió–. Le basta con decirme unas cuantas frases –chasqueó los dedos– y sé exactamente lo que quiere.

Nicole volvió a preguntarse por su relación.

–¿Dónde dormiré yo?

–Pensé ponerte en este ala, cerca de Joel. Rafe ocupará la otra.

–Ah, creo que ésa no la hemos visto.

–Oh –Maddie titubeó un segundo–. Se me olvidó. Hay un dormitorio principal en cada planta. El de ésta está al final del pasillo, a la izquierda. Tiene un gimnasio, porque Rafe se ejercita a diario. Respecto a la niñera...

–Niñera –repitió Nicole, arrugando la frente–. Yo estoy aquí, Joel no necesitará niñera.

–Puede que no en el sentido tradicional. Pero tal vez necesites alguien que se ocupe de conducir y te proporcione tiempo libre. Ya he concertado una reunión para Joel en la escuela infantil, basándome en la descripción que me hizo Rafe.

–Tendré que ir a visitarla antes de tomar una decisión.

–Por supuesto –aceptó Maddie. Pero algo en su tono de voz inquietó a Nicole–. Tu parecido con tu hermana es asombroso. Casi me parece estar viendo un fantasma.

–Éramos gemelas idénticas con personalidades muy distintas.

–Rafe y Tabitha eran como aceite y agua. Supe desde el principio que no iba a funcionar. Rafe no necesita a una heredera mimada sino a alguien más independiente.

–Puede que Tabitha no fuera perfecta, pero nadie lo es –Nicole sentía la necesidad de defender a su hermana–. Si no hubiera sido por Tabitha, no tendríamos a Joel.

–Tienes razón. Sin Tabitha no habría Joel –en sus ojos destelló un chispazo de impaciencia. Apretó los labios–. Bueno, mañana enviaré a tres niñeras… –hizo una pausa y se corrigió–. A tres candidatas para ayudarte con Joel. Elige la que te guste más. Podrías visitar la escuela por la tarde –la condujo escaleras abajo y le dio una tarjeta–. Sé que sólo te quedarás temporalmente, pero Rafe y yo queremos que estés lo más cómoda posible. Él suele estar ocupado, si necesitas algo llámame.

El tono posesivo de Maddie irritó a Nicole, aunque no habría podido decir por qué.

–Gracias. Espero que Joel y yo podamos apañarnos solos.

–Muy bien. Iré a hablar con Rafe antes de irme. Hasta pronto –se despidió Maddie.

Nicole fue a la cocina a por una botella de agua y examinó el contenido del frigorífico. Oyó unos pasos a su espalda. Era Rafe.

–¿Tienes hambre? Tenemos ama de llaves y chef. Estoy seguro de que pueden preparar cualquier cosa que te apetezca.

–Sólo quería ver qué le haré a Joel esta noche.

Él movió la cabeza y cerró el frigorífico.

–No vas a guisar. Se supone que tienes que ayudar a Joel a adaptarse.

–Eso forma parte de la adaptación. Siempre cocino en casa.

–Dile al chef qué quieres de cena y a qué hora. ¿Te apetece darte una ducha, o pasar un rato en el jacuzzi?

–Puede. No sé cuándo conseguiré sacar a Joel del cuarto de juegos. Está fascinado con sus nuevos juguetes. Tienes que tener cuidado para no mimarlo demasiado.

–Lo sé, pero tengo cuatro años que compensar. Además, quiero que se sienta cómodo aquí.

–¿Estarás cómodo tú? ¿No echarás de menos vivir en el mar?

–Trabajo en el yate, así que estaré allí todos los días –encogió los hombros–. Tal vez los tres podamos pasar un fin de semana en el mar, si lo echo de menos. ¿Te ha hablado Maddie de las candidatas a niñera?

–Sí, y le dije que estando yo aquí Joel no necesitará niñera.

–Has tenido que ocuparte de todo sola durante mucho tiempo –movió la cabeza–. Aunque no quieras admitirlo, estoy seguro de que a veces habrá supuesto una carga. Quiero que tengas toda la ayuda que necesites.

–Gracias –dijo ella, aún poco convencida–. Hablando de Maddie… –empezó.

–Es asombrosa ¿verdad? La mujer más eficiente que he conocido nunca.

–Mucho –aceptó ella, tragándose la pregunta que le quemaba la garganta.

–Relájate un rato –le puso la mano en el brazo–. Seguiremos hablando después de cenar.

Después de acostar a Joel, Nicole bajó al patio para reunirse con Rafe. Estaba de pie, pensativo y con la mirada perdida. No sabía qué pensar de él. Su fuerza la atraía y la asustaba al mismo tiempo. Se preguntaba si era de esos hombres que utilizaban su fuerza en contra de los más débiles.

–Hola. Siéntate –dijo él, volviéndose como si hubiera percibido su llegada–. Debes de estar cansada –señaló dos copas de vino que había sobre la mesa–. Toma un poco de vino.

–Gracias. Ha sido un día muy largo.

–Mañana será más fácil –se sentó a su lado.

–Ha sido sólo el primer día de un nuevo mundo –arguyó ella, nada segura de estar de acuerdo con él.

–Ahora todo será más fácil para Joel y para ti. No tendrás que preocuparte de problemas financieros y contarás con asistencia siempre que la necesites. La verdad es que me sorprende que no vivierais con tu padre.

–Mi padre puede ser controlador –se le tensó el estómago–. Con él, hay que seguir su camino. He descubierto que me va mejor seguir el mío.

–¿Y qué me dices de Tabitha? –preguntó él.

–Tabitha tenía una relación distinta con él. Hacía equilibrios en la cuerda floja para encandilarlo y funcionaba la mayoría de las veces.

–¿Y cuando no funcionaba?

–No era nada agradable –contestó ella.

–¿Estás diciendo que…?

–Preferiría no hablar de mi padre, si no te importa –Nicole controló la sensación de claustrofobia que asociaba con su padre.

–Paseemos un rato –sugirió él. Tomó un sorbo de vino, se levantó y la condujo hacia el jardín posterior, iluminado con focos de luz suave.

–Es precioso –dijo ella, arrullada por el canto de los grillos.

–Agradable –corroboró él, metiendo las manos en los bolsillos–. Estoy acostumbrado al sonido del agua chocando con el barco, al balanceo y al olor salino del aire.

–Se diría que sientes añoranza.

–Puede que un poco. El mar libera y el ritmo de las olas tranquiliza. Aunque gestiono mis negocios en el yate, si quiero puedo olvidarme de todo y disfrutar del océano. Sin multitudes ni prisas. Es una forma de escaparse de todo.

–¿Cómo es posible que tuvieras una relación con mi hermana? –preguntó ella, consciente de que Tabitha siempre había querido ser la protagonista de todas las fiestas.

–Tengo que admitir que era muy seductora cuando encontraba algo que deseaba, encantadora incluso –rió él.

–Sí lo era. Pero tú pareces más profundo, más inteligente. ¿Cómo pudiste enamorarte de ella?

–Era más joven. Ella era todo lo que yo no. Privilegiada, con pedigrí y clase. Yo era un niño de acogida de la zona pobre de Filadelfia. Tabitha era como un sueño hecho realidad.

–Y era bella, alocada y sexy –apuntó Nicole.

–Era bella y atractiva. Alocada a veces. Sexy sí, pero no sexual.

–¿En serio? –Nicole no pudo contener su curiosidad, aunque fuera un tema tabú–. Siempre creí que era una devoradora de hombres.

–No en el sentido sexual. El sexo era algo mecánico para ella. Se apasionaba antes, pero no durante.

Nicole lo miró boquiabierta. Siempre había pensado que Tabitha enloquecía a los hombres.

–Pareces sorprendida –la miró divertido.

–Nunca imaginé… –calló–. Creí lo que decía de sí misma y lo que comentaban otros sobre ella.

–He descubierto que muchas mujeres son más apasionadas cuando seducen que cuando se entregan –la miró como si quisiera descubrir en qué categoría encajaba ella.

–Tabitha decía que era la reina de la incitación –Nicole tomó aire, sorprendida por la oleada de calor que la había recorrido de arriba abajo.

–Lo era –admitió él–. Se diría que era lo único que buscaba. Pero el placer no puede limitarse a la incitación –su mirada oscura pareció penetrarla hasta adentrarse en su alma.

Nicole era muy consciente del contraste entre su masculinidad y la feminidad de ella. La noche parecía cerrarse a su alrededor y sintió curiosidad. Hacía mucho que no sentía curiosidad ni deseo por un hombre. Pero sentía ambas cosas en ese momento, con él.

Se dijo que debía recular de inmediato, pero los pies le pesaban como el plomo. Contuvo el aliento cuando él se acercó, alzó la mano y pasó los dedos por su cabello.

–Es tan suave. Eres pura contradicción.

–¿Qué quieres decir? –tragó saliva.

–Pelo sedoso, piel suave y una voz que recuerda al buen brandy. Toda esa suavidad y una espina dorsal de titanio.

Ella no pudo evitar reírse con la descripción.

–Estás acostumbrado a estar rodeado de hombres y mujeres que te dicen «sí» a todo. Cuando habla el gran Rafe Medici, sienta ley.

–Ah, así que opinas que soy grande –dijo él, curvando los labios con una sonrisa sensual.

–Seguro que hay montones de gente dispuesta a halagarte. No necesitas más –dijo ella, deseando poder apartarse un poco. Pero él seguía tocando su cabello. O tal vez la había atrapado con su mirada.

–A veces una persona vale más que una multitud –tiró suavemente de su pelo, atrayéndola–. He sentido curiosidad por esa boca tuya desde la primera vez que la vi. Apuesto a que yo también te intrigo un poco. Creo que es hora de que satisfagamos nuestra curiosidad –susurró.

Inclinó la cabeza. Ella tendría que haber dado un

paso atrás, o al menos apartado el rostro, pero no lo hizo. Era cierto que sentía curiosidad.

Sólo sería un beso y no se repetiría. Él atrapó su boca y ella sintió que se le iba la cabeza. Cerró los ojos e inhaló el aroma de su colonia, sintió la promesa del fuerte pecho tan cercano. Su boca era firme y a la vez suave y sensual.

Instintivamente, entreabrió los labios y él dejó escapar un gruñido. Nicole se estremeció y su corazón subió de ritmo. Quería más. Quería apretar los senos contra él, sentir sus brazos…

Percibió que él también deseaba más. Aceptó su lengua, rindiéndose a las deliciosas y decadentes sensaciones que generaba en ella.

Él saboreó su boca como si quisiera devorarla. Ella apoyó las manos en sus hombros para estabilizarse, él la rodeó con los brazos y la apretó contra su cuerpo.

Sintió su excitación y su deseo se incrementó. Estaba tensa como una goma elástica. Jadeante, le devolvió el beso con sorprendente pasión.

–Me parece que un beso no bastará para paliar nuestra curiosidad –jadeó él segundos después, apartándose y alzando la cabeza. Sus ojos brillaban de excitación.

Capítulo Cinco

El pensamiento racional regresó lentamente. Nicole sintió un pinchazo de arrepentimiento. Dio un paso atrás, moviendo la cabeza de lado a lado
—Oh, no. No puedo creer que...
—¿Vas a actuar como la virgen inocente de la que se ha aprovechado el hombre malo?
Ella parpadeó al oír la descripción.
—Bueno, me gustaría, pero ni soy tan inocente ni me has forzado a nada —se mordió el labio—. Ha sido consecuencia de la copa de vino y de un día muy largo —puso rumbo hacia la casa—. Esa explicación me gusta más.
—¿Explicación o excusa? —preguntó él, alcanzándola en dos zancadas.
—Igual da una cosa que otra. Lamento haberte dado la impresión equivocada.
—Yo diría provocación —le cortó el paso—. Debe de ser cosa de familia.
—He dicho que lo sentía —tragó saliva—. No tendríamos que estar haciendo esto. Necesito mantener la mente clara. Joel es mi prioridad.
—Tenemos a Joel en común —dijo él—. Queramos o no, ya estamos embrollados.
—Además, está tu historia con mi hermana —dijo ella. Sabía que no podría mantener la cautela que necesitaba si se convertían en amantes.
—Eso acabó hace más de cuatro años.

–¿Por qué yo? –le exigió, entre frustrada y aprensiva–. Podrías tener a todas las mujeres que desearas. De hecho, probablemente las tienes.

–No estoy seguro de si eso ha sido un insulto o no –dijo él–. ¿Te has planteado que me intriga tu combinación de clase y determinación? Eres bella, pero no alardeas de ello. Sospecho que en las circunstancias adecuadas eres pura dulzura. Y ahora sé que dentro de ti hay fuego. Ambos ardimos cuando te besé. ¿Crees que podrás desechar eso sin más? –soltó una breve risa–. ¿Crees que no sentirás esa quemazón cuando te despiertes por la mañana?

En el fondo, ella sabía que tenía razón. También sabía que acostarse con él sería un error.

La única razón de que Nicole durmiera bien esa noche, fue que estaba agotada. Cuando se despertó por la mañana, Joel ya estaba en el cuarto de juegos. Le dio un abrazo y se enteró de que ya había desayunado y quería jugar. Sonó el timbre y Carol, el ama de llaves, anunció la llegada de la primera candidata a niñera.

Horas después, tras visitas intermitentes a Joel, Nicole había entrevistado a las tres candidatas. Seguía sin querer elegir a una. Lo consideraba un primer paso de renuncia a su papel de cuidadora principal de Joel.

Maddie la llamó para preguntar por su decisión y le dijo que quería consultarlo con la almohada. Maddie también le dijo que Rafe probablemente no iría a dormir, Nicole se alegró. Para cuando llegó la hora de acostarse, Joel estaba exhausto. Nicole le leyó dos cuentos y el niño se durmió a mitad del segundo.

Dando gracias porque Rafe no hubiera vuelto a casa, Nicole cedió a la tentación de darse un baño en el jacuzzi que había junto a la piscina. Pulsó el botón para encender los chorros y se introdujo en el agua cálida y burbujeante con un suspiro de placer. Desde que había asumido el papel de madre, había dejado de lado los placeres sensuales. Joel era más importante que los masajes, las limpiezas de cutis o incluso los baños relajantes. Comprendió que, sin ser consciente de ello, había echado de menos esas cosas.

Cuando Rafe llegó, la casa estaba en silencio. Sólo se oía el tic tac del reloj de pared que le había pedido a Maddie que comprara. El sonido le recordaba al del que había habido en la casa de sus padres, en Filadelfia.

Fue por una botella de agua mineral y subió las escaleras a echar un vistazo a Joel, que dormía profundamente. Lo había echado de menos durante el día. Entró en su dormitorio y fue hacia el enorme ventanal.

Vio a Nicole en el jacuzzi, iluminado. Tenía los brazos sobre el primer escalón y apoyaba la cabeza en el borde de cemento. Sus senos estaban cubiertos por la parte superior de un bikini negro. Habría dado cualquier cosa porque estuviera desnuda y acariciar su cuerpo con manos y boca. Le encantaría deslizar la parte inferior del bikini piernas abajo y descubrir todos sus secretos.

Sintiendo la pulsión del deseo, se desvistió y se puso un bañador. Habría bajado desnudo, pero no quería asustarla. Agarró una toalla y fue hacia el jacuzzi.

Cuando llegó, Nicole tenía los ojos cerrados y estaba rodeada por una nube de vapor. Al sentir su presencia en la bañera, parpadeó y se sumergió más entre las burbujas.

—Rafe, no sabía que estabas aquí.

—Acabo de llegar. Al verte no he podido resistirme.

—Tendría que haberme ido a la cama, estaba cansada —dijo ella.

—Por eso decidiste relajarte en el jacuzzi.

—Supongo que tienes razón —soltó un suspiro—. No estoy acostumbrada a estos lujos.

—Tal vez eso sea algo que deba cambiar.

—Tengo demasiado quehacer. Cuando regrese a Atlanta, seguro que habrá una tonelada de trabajo esperándome.

—No hace falta que vuelvas enseguida. Aquí haces algo muy importante por Joel —dijo. Aún no iba a contarle sus planes con respecto a ellos. Tendría que derrumbar varias barreras antes de conseguir que aceptara quedarse, por el bien de Joel y el placer de Rafe.

—Eso lo sé —aceptó ella, pensativa.

—Has hecho un buen trabajo con él.

—Gracias. Es algo tímido y dubitativo a veces, pero...

—Lo he notado. Creo que le iría bien apuntarse a clases de kárate.

—¿Kárate? —Nicole se incorporó—. Es demasiado joven para eso. Además, estoy inculcándole una actitud de no-violencia.

—El kárate no es violento —refutó él, sorprendido por su reacción—. Requiere disciplina, buen tono físico y autocontrol. Todo eso fomenta la confianza en uno mismo —recordó la época en la que su tono físico había sido lo único a su favor—. No practica ningún deporte, ¿verdad?

—Iba a apuntarlo a balonmano en primavera. El kárate no me parece adecuado a su edad.

—Es un Medici —dijo Rafe—. Es posible que se cruce con gente que, por alguna razón, esté resentida conmigo. Quiero que sea capaz de defenderse —hizo una pausa—. Tal vez ayudaría que tú aprendieras técnicas de defensa personal.

—¿Yo? —repitió ella con horror—. ¿Por qué iba a querer hacer eso?

—Para entender por qué es buena idea para Joel. Yo podría enseñarte. Soy cinturón negro.

—Cinturón negro —lo miró y sus ojos destellaron con miedo. Negó con la cabeza—. No me interesa aprender kárate. De hecho, ahora mismo estoy agotada. Me voy a la cama.

Se alzó de la bañera y el agua chorreó por su piel de porcelana. Parecía una diosa. Él se levantó al ver que se tambaleaba un poco.

—¿Estás bien? —la sujetó con las manos.

—Creo que me relajé demasiado —miró sus ojos y su torso. Parpadeó y desvió la mirada. Durante un segundo, él captó su admiración. Lo animó y excitó que Nicole, a pesar de sus reservas, hubiera sentido un pinchazo de lujuria.

—Deja que te ayude a salir —la guió escalones arriba, agarró la toalla que había en la silla y la envolvió en ella—. Ya está. Será mejor que entres, o te resfriarás. Hace buena noche, pero no tanto.

Mientras ella se ponía las chanclas, él agarró su propia toalla y se secó. La condujo a la casa.

—Ya estoy bien —dijo ella con voz ronca y grave—. Gracias. Buenas noches.

Él la observó alejarse, admirando sus piernas y

57

hombros desnudos. Cerró los puños al sentir una oleada de deseo que lo sorprendió. Era bella y con clase, pero también lo eran otras muchas. Le gustaba que defendiera a Joel como una mamá osa. Lo fascinaba su combinación de dureza y suavidad. Hacía tiempo que no deseaba tanto a una mujer. Tal vez fuera porque lo rechazaba.

La verdad era que Rafe no estaba acostumbrado al rechazo. En realidad ni siquiera tenía que esforzarse. Las mujeres iban a él, aun sabiendo que no buscaba nada serio ni permanente. Aunque sólo se relacionaba con mujeres bellas e inteligentes, sabía que Nicole tenía algo más. Y quería probarlo.

A la mañana siguiente, el chófer de Rafe llevó a Nicole y a Joel a la escuela infantil. La maestra les enseñó todo. Nicole no pudo poner ninguna pega: los niños parecían contentos y bien atendidos.

Tras la visita, regresaron a casa. Joel corrió al cuarto de juegos y Nicole fue a su dormitorio a leer su correo electrónico. De inmediato, vio un mensaje del detective, con un archivo adjunto.

Con el corazón acelerado, descargó el documento y leyó la historia de Rafe. Su nacimiento, la muerte de su padre y la ruptura del entorno familiar. Su familia de acogida lo había cuidado bien, pero no habían tenido medios para enviarlo a la universidad. Había completado su educación gracias a una beca para futbolistas.

Leyó el resto del informe con curiosidad. Había pasado todos los veranos de su adolescencia trabajado en yates. Parecía haber trabajado casi veinte horas al día hasta que consiguió comprar su primer barco. No pudo evitar sentirse impresionada.

Nicole se quedó helada al leer que había sido denunciado por agresión en cinco ocasiones. Inspiró con fuerza y fue a sentarse en la cama.

«Agresión, agresión, agresión, agresión, agresión». Tragó saliva, preguntándose qué había llevado a Rafe a utilizar los puños. Y si sería capaz de volver a hacerlo, con Joel. No permitiría que Rafe le hiciera daño.

Regresó al ordenador y siguió leyendo. Necesitaba saber la verdad. Rafe había trabajado como portero de dos clubs nocturnos, en Miami. Los cargos estaban relacionados con su trabajo y habían sido desestimados. Eso tendría que haberla tranquilizado, pero no fue así.

Si Rafe era violento, no había garantía de que no fuera a utilizar su fuerza contra Joel o contra ella. Instintivamente, pensó en huir. Si Rafe descubría que se planteaba algo así, impediría que volviera a acercarse a su hijo. Nicole realizó una búsqueda de vuelos internacionales desde Miami que imprimió, junto con el informe. Guardó su pasaporte y el de Joel en el cajón de la mesilla y lo cerró con llave. Si Rafe amenazaba a Joel, necesitaba estar lista para escapar.

Durante el resto de la semana, Rafe estuvo llegando a casa cuando dormían y marchándose antes de que se levantaran. Mentalmente, Nicole le puso falta por no pasar más tiempo con Joel. Si iba a ignorar a su hijo, no tenía sentido que el niño viviera allí.

El jueves, el chófer llevó a Nicole y Joel al colegio y ella lo despidió con un beso. Se le encogió el corazón al verlo titubear en la entrada. Si Rafe no hubiera reaparecido, el niño seguiría feliz y tranquilo en su entorno, en Atlanta.

Después, Nicole fue a la piscina a nadar, con la esperanza de reducir su frustración. Tendría que haber agradecido el descanso, pero la situación era demasiado complicada para relajarse. Estaba allí cuando sonó su móvil. Era Rafe.

–Hola –lo saludó.

–Hola. ¿Cómo estás?

–Bien, ¿y tú? –preguntó con voz fría.

–No suenas bien. ¿Qué ocurre? ¿Está bien la nueva niñera? ¿Qué me dices de Joel?

–Todo va bien. Joel está en el colegio.

–Ah. ¿Estás aburrida?

–No, pero estoy acostumbrada a trabajar –Nicole se levantó y paseó alrededor de la piscina.

–En eso somos iguales. Pero tengo una sorpresa. El viernes por la tarde os llevaré de crucero. Volveremos el sábado por la noche.

–¿En serio? Estás tan ocupado que no pensé que tuvieras tiempo para un viaje así.

–Voy a hacer tiempo. Prepara lo que vayáis a necesitar. Entretanto, si estás realmente aburrida, podrías ir de compras para decorar la casa.

–De compras –Nicole parpadeó–. ¿Por qué yo?

–Aún estoy compensando el tiempo que pasé en Atlanta. Espero haberme puesto al día para la semana que viene. Me harías un gran favor si pudieras ocuparte de ese tema.

–Pero no conozco tus gustos –protestó ella.

–Confío en ti –afirmó él. Nicole sintió cierta amargura por no poder devolverle el cumplido.

–No sé nada de esta zona.
–Eso no es problema. Llama a Maddie y ella te dirá dónde está todo. Hasta mañana por la tarde.

Justo antes de la caída del sol, Rafe dio a Joel y Nicole la bienvenida al yate. Se lo enseñó todo, disfrutando con el entusiasmo de Joel, que quedó encantado con la sala de máquinas y el cuarto de juegos. Les sirvieron la cena en cubierta, mientras se alejaban del puerto.

–Esta noche le leeré yo el cuento antes de dormir –le dijo Rafe a Nicole. Joel estaba tan excitado que no quería acostarse.

–De acuerdo.

Rafe había hecho la oferta impulsivamente, pero en cuanto se acomodaron en la cama con un libro, supo por qué. Mientras leía la historia de la fresa gigante y el pequeño ratón, recordó haber estado en la cama con todos sus hermanos mientras su padre, con voz grave, les contaba historias de aventuras inventadas por él. Sus hermanos y él habían competido para ocupar los sitios preferentes, a su derecha y a su izquierda. Rafe nunca se había sentido tan seguro y a salvo como entonces.

Con su hijo acurrucado contra él, Rafe sintió una oleada de emoción. Quería esa sensación de seguridad para Joel. No quería que experimentara la incertidumbre que él había tenido que sufrir.

–¿Te gustan las fresas? –preguntó Joel.

–Me gustan tanto como al ratoncito –afirmó Joel–. Otra vez. Léelo otra vez.

–¿El mismo cuento? –Rafe se rió.

–Sí. Es el mejor cuento del mundo.

–Hum –Rafe le acarició el cabello–. Entonces supongo que merece la pena oírlo otra vez.

Empezó de nuevo y Joel fue moviendo los labios, repitiendo cada palabra en silencio. Lo enorgulleció saber que su hijo había memorizado el cuento. Siguió leyendo hasta que notó que se había dormido. Lo arropó con cuidado y regresó a la cubierta superior.

Nicole estaba a un lado del barco, con la mirada perdida en la distancia. Fue hacia ella.

–¿Crees que le ha gustado su primer día en el yate?

–Es obvio que le ha encantado –respondió ella.

–Me alegra que sea buen marinero. Me preocupaba que se marease. Tenía medicamentos preparados, por si le hacían falta.

–Muy considerado de tu parte.

–¿Qué me dices de ti? ¿Te gusta esto?

–¿A quién podría no gustarle?

–A alguien que se marea.

Ella dejó escapar una risita grave y él deseó agachar la cabeza y sentir el eco en su piel.

–Hay mucha calma y paz –comentó ella.

–Ahora sí. Pero no cuando hay tormenta.

–¿Cuándo desarrollaste tu amor por el océano y los barcos?

–Mi padre nos llevó a navegar un par de veces. Yo era pequeño, pero lo recuerdo como si fuera ayer –rememoró a su padre con el pelo alborotado por la brisa y sintió añoranza–. Era un buen padre.

–¿En qué sentido? –preguntó ella.

–No me mal interpretes. Podía ser muy duro. Con cuatro hijos y una esposa que era… –hizo una pausa–

frágil, cuando menos, tenía que estar al mando. Nos enseñó a esforzarnos, a nadar y a jugar al póquer. Incluso nos enseñó a cocinar.

–¿En serio? –sonrió ella.

–Se me dan de miedo los espaguetis. Él hacía una lasaña fantástica, pero a ninguno de nosotros nos sale igual.

–Dudo que mi padre y mi madre supieran hervir agua –dijo ella, moviendo la cabeza.

–Eran de un planeta diferente.

–Y no necesariamente mejor –masculló ella. Se estremeció.

Él se quitó la chaqueta y se la puso sobre los hombros. Lo miró con sorpresa.

–Parece que tienes frío –explicó él–. ¿Cómo aprendió a cocinar una chica rica como tú?

–En el internado. Era una clase optativa y, como sabía que no iba a vivir con mis padres, me pareció útil aprender.

–Así que ya eras independiente entonces.

–Sí. Creo que tenía nueve años.

–Tengo la impresión de que tu vida familiar no era exactamente feliz –aventuró él.

–No lo era. Mis padres eran desgraciados en su matrimonio. Mi padre tenía muy mal carácter. Puede que ésa sea la razón de que desee que Joel se sienta siempre seguro y feliz.

–No puedes protegerlo de todos los baches.

–Pero puedo evitar que caiga en las zanjas.

–¿Se te ha ocurrido pensar que eres demasiado protectora? –inquirió él.

–¿Estás cuestionando mi capacidad como madre? –lo miró como una osa dispuesta a defender a su cachorro–. Porque no se puede decir que tú tengas mucha experiencia.

–Sólo era curiosidad. Y aunque no tenga experiencia como padre, sí la tengo como hombre.

–Muchas madres solteras crían a niños solas.

–Pero tú no tienes por qué hacerlo. Soy el padre de Joel y no voy a desaparecer.

–Aún no sabemos hasta qué punto quieres involucrarte en su vida –alzó un hombro.

–Mucho –contestó él, irritado–. Hazte a la idea de que Joel pasará mucho tiempo conmigo.

–Como he dicho, eso está por ver.

–No, en absoluto –puso una mano en su brazo para captar su atención. Ella lo miró con furia y la soltó–. No seré un padre ausente. Estoy reorganizando mi vida para que él pueda formar parte de ella todo el tiempo.

–No es tan fácil.

–Lo es y lo haré. Quiero a Joel conmigo y tendrás que acostumbrarte a la idea. No necesito tu aprobación para obtener la custodia de mi hijo.

–¿Estás amenazándome? –abrió los ojos de par en par y se mordió el labio–. Tabitha dijo que eras un abusón. Esto prueba que...

–Tabitha –repitió él con desdén–. La mujer que se rió de mí cuando le propuse matrimonio.

–¿Le propusiste matrimonio? –preguntó Nicole con incredulidad.

–Dijo que yo valía para pasarlo bien, pero no a largo plazo. No se molestó en decirme que estaba embarazada de mí. Eso podría perdonarlo; era tan alocada que tal vez no sabía quién era el padre.

–¿Cómo te atreves a insultarla cuando no está aquí para defenderse? –protestó Nicole.

–Perdió ese derecho al ocultarme que había dado a luz a mi hijo.

–¿Qué quieres de él? –Nicole lo miró con ira y miedo–. ¿Es tu manera de vengarte de mi hermana? ¿O se trata de una cuestión de ego?

–Te contestaré cuando tengas la mente más abierta –apretó los dientes, ofendido por su opinión–. Ahora está cerrada a cal y canto.

–No me subestimes. Haré lo que sea necesario para proteger a Joel.

–Entonces, actúa con inteligencia. Puedes perder el tiempo luchando contra mí, o puedes trasladarte aquí, con nosotros.

–¿Bromeas? –lo miró boquiabierta–. ¿Sugieres que renuncie a mi vida para que puedas controlarla junto con la de Joel?

–Si ambos deseamos lo mejor para Joel, ¿por qué iba a necesitar controlarte?

–¿Acaso niegas que estás acostumbrado a salirte siempre con la tuya? –se quitó la chaqueta de los hombros y se la devolvió.

–Eso es porque suelo tener razón.

–Eso es pura arrogancia.

–No, es la verdad –se mesó el cabello con frustración–. ¿Cuándo vas a dejar de luchar contra mí a cada momento?

–Accedí a venir a Miami. ¿Te parece poco?

–No habría aceptado un «no» por respuesta.

–Irrumpes en nuestra vida y quieres que todo cambie de repente. Las cosas no funcionan así. Esto requerirá tiempo y confianza.

–El momento de empezar es ahora. Joel es muy joven y pronto se sentirá seguro –Rafe sabía de lo que hablaba. Él había sido unos años mayor que Joel cuando perdió a su familia y nunca se había recuperado del todo–. No es tan mala oferta: trasladarte a Miami y vivir en una casa preciosa con piscina. Ni siquiera tendrás que trabajar.

–Eso podría haberlo hecho en Atlanta, si hubiera ido a vivir con mi padre –apuntó ella con amargura–. Eres igual que él. Todo se reduce a controlar a los demás para salirte con la tuya.

–No se trata de control sino de hacer lo mejor para Joel. Eres la única madre que ha conocido. Quien lo ha acunado, alimentado y proporcionado seguridad. Idealmente, los niños también deberían tener un padre. Si vives aquí, Joel contará con las dos personas más importantes de su vida al mismo tiempo.

Capítulo Seis

Nicole volvió a su habitación pensando que Rafe sabía argumentar de maravilla. Se acostó y dejó que el movimiento del océano la acunara. Sería mejor para Joel que Rafe y ella se llevaran bien, y aún mejor que vivieran juntos. Pero ésa era una posibilidad de cuento de hadas.

Deseó poder estar segura de que él era lo que parecía: fuerte, guapo, amable y responsable; el sueño de cualquier mujer hecho realidad. Incluso el suyo, si tuviera tiempo para soñar.

Pero era difícil confiar en él, sobre todo tras el informe del detective. Siempre tendría la sensación de que necesitaba estar en guardia.

Se preguntaba si realmente había estado enamorado de su hermana o habría sido sólo un capricho. Si él era lo que parecía, ¿cómo había podido rechazarlo Tabitha, por superficial que fuera? No tenía sentido. Tabitha siempre había hablado de casarse con un hombre rico y famoso, incluso de la realeza, pero Nicole había asumido que no lo decía en serio.

Tras dar a luz a Joel, Tabitha había empezado a hacer ejercicio para perder peso y ponerse en forma para su príncipe. Había salido a divertirse con frenesí en Nueva York, Los Ángeles y Atlanta, negándose a bajar el ritmo a pesar de la insistencia de su médico.

Nicole cerró los ojos y deseó paz para su hermana. Luego se durmió, mecida por las olas.

Minutos después, él estaba en la cama a su lado. Sus anchos hombros bloqueaban la luz del sol del amanecer. Su pecho, duro como una roca estaba a centímetros de ella. Su fuerza física la fascinaba al tiempo que la asustaba. ¿Cómo podía un hombre tan fuerte ser tan gentil?

Él parpadeó y clavó en ella su mirada oscura.

–Tendrías que estar dormida –dijo, deslizando la mano hacia su cadera desnuda–. Creía ayer por la noche que había agotado tu energía –posó el dedo índice en sus labios–. Imagino que aún no has recibido suficientes besos –la atrajo contra su cuerpo.

Ella sintió una oleada de calor y se le escapó una sonrisa por esa forma tan sexy de tratarla.

–No he dicho eso. Sólo te estaba mirando.

–¿Por qué mirar cuando puedes tocar? –preguntó él. Agarró una de sus manos y la puso sobre su pecho, al tiempo que besaba sus labios.

Su boca le provocó una descarga eléctrica. Parecía devorarla como si nunca fuera a cansarse de ella. Después, deslizó los labios por su hombro y jugó con sus senos hasta que ella, anhelante, apretó los pezones contra sus manos.

–Me encanta cómo te mueves –masculló él por lo bajo. Introdujo una mano entre sus piernas y la encontró húmeda e hinchada–. ¿Ya estás lista para mí?

Ella sintió un pinchazo de vergüenza. Siempre estaba lista para él.

–¿Eso es malo? –su voz sonó jadeante.

–Si es malo, los dos somos malos –respondió él, guiando su mano hacia su erección.

Ella lo acarició con movimientos lentos y largos, hasta que él empezó a jadear.

–Te necesito de nuevo –dijo, mirándola.

–Yo también a ti –le contestó. La asombraba lo poderosa que le hacía sentirse incluso en una situación tan vulnerable. De repente, las caricias no eran suficiente.

–Marca tú el ritmo –dijo él, tumbándose de espaldas y colocándosela encima–. Si lo hago yo, todo acabará en sesenta segundos.

Ella se rió, a pesar de estar increíblemente excitada. Apoyó las manos a ambos lados de su cabeza y lo miró a los ojos mientras él, agarrando sus caderas, la situaba correctamente.

–Ve despacio –pidió él–. Te resulta demasiado fácil hacer que pierda el control.

Ella lo aceptó en su interior centímetro a centímetro, sintiéndolo vibrar deliciosamente. Nunca había imaginado que llegaría a sentirse tan libre con un hombre, tan deseable, tan apasionada, tan… enamorada…

Nicole se despertó tan lentamente que tuvo la sensación de que seguía soñando. Oyó risas. Era Joel, habría reconocido el sonido en cualquier parte. Un segundo después oyó otra risa, más grave y masculina. Parpadeó al identificar a Rafe.

Desorientada, se incorporó en la cama, intentando volver a la realidad. Rafe no había estado en su cama, pero se sentía rara, hinchada y sensible. Se sonrojó de vergüenza.

No tenía sentido que hubiera tenido un sueño erótico con un hombre en el que no confiaba. Tal vez sus sentimientos por él eran más complejos de lo que había creído. Movió la cabeza, incrédula.

–Shhh. No despiertes a tu madre –dijo Rafe, justo al otro lado de la puerta.

—Le gusta que la despierte –dijo Joel–. Y que salte en su cama. Le hace reír. Ven tú también.

Nicole, aún horrorizada por su sueño, se levantó de un salto, se estiró el camisón y corrió a abrir la puerta.

—He oído risas –consiguió decirle a Joel, que aún llevaba su pijama de dinosaurios.

—Éramos él y yo –el niño señaló a Rafe.

Rafe, con pantalones cortos y una camiseta negra que se ajustaba a sus hombros, se apoyó en la jamba de la puerta, quitándole el aire.

—Es un auténtico cañón por la mañana –dijo él, tras mirarla de arriba abajo.

—Se despierta feliz y lleno de energía. ¿Verdad, Joel? –dijo Nicole. El niño corrió a sus brazos y ella lo atrapó y le hizo cosquillas.

—Mamá, vamos a desayunar tortitas. Con fresas y trocitos de chocolate.

—Pero no las dos cosas en la misma tortita –corrigió Rafe–. Dile qué más vamos a hacer.

—Pescar –gritó Joel con entusiasmo–. Vamos a pescar peces.

—¿Y qué haréis con ellos después de pescarlos? –preguntó Nicole.

—¿Qué haremos después? –Joel alzó la vista hacia Rafe.

—¿Los soltamos para que otras personas puedan intentar pescarlos?

—¿No puedo quedarme con uno? –Joel arrugó la carita, confuso.

—Ya veremos –dijo Rafe.

—Eso significa que no –dijo Joel, triste.

—Podría comprar un acuario –aventuró Rafe, llevándose el pulgar al labio.

–Un acuario es una responsabilidad a largo plazo. Sería mejor un pez virtual –sugirió Nicole.

–No me importa. Seguiré presente mucho tiempo –Rafe alzó a Joel en brazos.

A Nicole la impactó lo mucho que se parecían. Joel era como una réplica en miniatura de Rafe, excepto por el color azul de sus ojos. Tomó aire.

–Me refería al interés de otra persona. Se desvanece muy deprisa –miró a Joel con intención.

–Ah. Entiendo–. dijo Rafe–. Compraremos un pez virtual de camino a casa. ¿Vienes?

–Cuando me vista.

–No hace falta –dijo él, recorriendo su cuerpo otra vez–. Aquí todo es muy informal.

–Saldré enseguida –respondió ella, cerrando la puerta. Tenía el corazón acelerado, aún afectada por el sueño erótico. «Contrólate», se ordenó.

Joel pasó el día botando de entusiasmo. Incluso agarró la mano de su padre varias veces. A Rafe lo emocionó y alivió esa muestra de confianza. Su hijo se adaptaría y confiaría más en el día a día. Ocurriría más rápido si contaba con el apoyo de Nicole, y Rafe percibía que lo estaba consiguiendo.

Había notado que ella lo miraba de vez en cuando y percibía curiosidad y escepticismo en sus ojos; eso último lo impacientaba.

Esa noche, cuando regresaron a casa, Joel se acostó temprano y Rafe invitó a Nicole a cenar con él en el patio.

–¿Has tenido algún altercado violento siendo adulto? –preguntó Nicole después de la cena. Le había hecho varias preguntas similares.

–Sí. Cuando fui portero en un par de clubes de Miami tuve que recurrir a la fuerza bruta alguna vez, pero no desde entonces. ¿Por qué lo preguntas? –la miró a los ojos.

–Quiero saber cuál es tu actitud –se mordió el labio–. Si opinas que la intimidación física es necesaria.

–En ciertas circunstancias. Si alguien os atacara a ti o a Joel os defendería –dijo él–. No sería un hombre si no lo hiciera.

–¿Qué quiere decir «no sería un hombre»?

–Que no permitiría que nadie os atacara –encogió los hombros–. Protegería a mi hijo y a su madre.

–¿Y castigarías físicamente a tu hijo? –preguntó ella tras un largo silencio–. ¿Castigarías a una mujer?

–Un hombre de verdad nunca utiliza su fuerza con mujeres y niños –hizo una mueca de disgusto.

–¿De veras crees eso? –inquirió ella.

–Por supuesto. Sólo los cobardes se ceban con los que son más débiles que ellos. ¿A qué viene todo esto? –preguntó, intrigado.

–Era una mera cuestión filosófica –desvió la mirada.

–Ha sonado a más.

–Si vas a participar en la educación de Joel, necesito saber a qué atenerme –alzó los hombros–. La gente tiene teorías muy distintas sobre el castigo físico.

–¿Te da miedo que sea capaz de golpearlo?

A ella se le hizo un nudo en el estómago al ver cómo la miraba. Tragó saliva.

–Necesito estar segura de saber cómo eres.

–Ya hemos hablado de esto antes. Me dieron alguna azotaina de niño, pero no creo que me perjudicara. Pienso que hay mejores maneras de disciplinar a los niños. Mi objetivo principal es proteger a mi hijo.

Nicole intentó procesar sus palabras, pero le costó separarlas de las acciones de su padre.

–Hay algo que no me estás contando –la acusó él, estrechando los ojos.

–Es sólo que has entrado en la vida de Joel de forma muy súbita.

–No por elección mía.

–Lo sé. Pero no eres el único que se siente protector respecto a Joel –se colocó el pelo tras la oreja, pensativa–. No estoy segura de cuáles son tus valores, de qué te han enseñado.

–Lo que quieres decir es que no crecí en una sociedad civilizada, rodeado de riqueza. Empiezas a sonar como tu hermana. Te parezco poco pulido. No lo bastante bueno, ¿correcto?

–No pretendía en absoluto decir que…

–Ahórrate la disculpa –Rafe alzó una mano–. Estoy acostumbrado. Mi familia era pobre, pero mi padre nos quería. Mi madre no fue lo bastante fuerte para mantener a la familia unida tras su muerte y la de Leo. Así que fui a una familia de acogida que, en parte, me quería porque generaba ingresos. Recuperé el contacto con mis hermanos hace poco. A veces tengo la sensación de que mis primeros nueve años de vida fueron un sueño –movió la cabeza–. Simulaba que encajaba, pero no era así. Ni siquiera tengo fotos de mi familia –la miró–. Seguro que tus padres encargaban retratos al óleo de Tabitha y de ti cada cumpleaños.

–Tenemos muchas fotos –admitió ella.

–Nada de eso importa. Lo que importa es que Joel es mi hijo y voy a ocuparme de él. Buenas noches –dijo él. Tenía la sensación de que se estaba ahogando, necesitaba salir de allí. Agarró las llaves del coche pero, de repente, comprendió que ya no podía irse sin más. Estaba Joel. Miró a Nicole–. Necesito dar una vuelta en coche. Le pediré al ama de llaves que esté pendiente de Joel. Llevo el móvil. Llámame si me necesitas.

–Creo que te he dado la impresión incorrecta –empezó ella, titubeante.

–Lo dudo –dijo él con un deje cínico–. Volveré dentro de unas cuantas horas.

Rafe subió a su Corvette, bajó la capota y puso rumbo al puerto. Sentir el viento en el rostro lo tranquilizó un poco. La desconfianza de Nicole le provocaba un nivel de frustración que no había experimentado nunca antes.

Nicole nunca había tenido emociones tan conflictivas. Sabía que hacía bien asegurándose de que Rafe sería un buen padre para Joel, pero odiaba la idea de herir a Rafe. Y dada su historia con su hermana, eso era una locura.

Tal vez no quería hacerle daño porque era el padre de Joel, pero sospechaba que había algo más. Algo en Rafe le provocaba anhelos que había desechado hacía tiempo.

Cinco días después, una asistente social telefoneó para concertar una visita. Nicole llamó a Rafe.

–¿Qué quiere? –preguntó Rafe.

–Quiere veros a Joel y a ti juntos, para evaluar su

adaptación –explicó Nicole. Apenas habían intercambiado una palabra desde su última confrontación, cuando él se fue en el coche.

–¿Qué le has dicho? –exigió él.

–Que Joel y tú lo pasasteis de maravilla en tu yate –contestó ella–. Pero no me has dado más datos que aportar desde entonces.

–¿Le has dicho eso? –tronó él, furioso.

–Sólo la primera parte –Nicole sacudió la cabeza con exasperación–. Pero habría sido la verdad. No pareces entender que ser padre en un compromiso diario, no algo que se ejerce de vez en cuando.

–Aún estoy poniéndome al día tras mi estancia en Atlanta –dijo él, seco–. ¿Cuándo va a venir?

–He llamado para preguntarte cuándo sería mejor, para que estuvieras preparado.

–Gracias –dijo él, tras un silencio–. ¿Qué tal el sábado?

–Dudo que le guste trabajar en fin de semana.

–Vale –hizo una pausa–. El martes que viene. Pasaremos un rato en la piscina. A Joel le gusta eso. Este viernes volveremos a salir en el yate.

Nicole hizo su equipaje y el de Joel y se encontraron con Rafe en el muelle. Rafe extendió la mano hacia su hijo y Joel, dubitativo, la aceptó. Rafe miró a Nicole interrogante.

–Un día es como una semana para un niño de cuatro años –dijo ella.

–Entendido.

Rafe se esforzó para ganarse a su hijo y cuando llegó la hora de acostarse, Joel permitió que le leyera un cuento. Nicole, entretanto, paseaba por cubierta, con la mente hecha un lío.

–¿Qué le has dicho de mí? –preguntó Rafe a su espaldas, de repente.

Ella cerró los ojos y se abrazó a sí misma.

–Que estás muy ocupado. Que tienes un trabajo importante y mucha gente depende de ti.

–Pero no funciona, ¿verdad? –sentenció, más que preguntó él, acercándose.

–Funcionará un tiempo, pero luego no –se volvió para mirarlo–. La paternidad supone un compromiso de tiempo enorme. No estoy segura de que estés preparado para eso.

–¿Es lo que le has dicho a la asistente social?

–Desde luego que no.

–¿Por qué no, si es lo que opinas?

–Eres nuevo en esto –encogió los hombros–, es lógico que metas la pata.

–¿Disculpa?

–Piénsalo. ¿Cuánto adiestramiento has recibido para aprender a ser padre?

–Ninguno, pero…

–Exacto. Y, como mucha gente, crees que es algo natural. Pero no lo es. Requiere trabajo.

–Si estuviera en tu situación, podría tentarme la idea de hacerme sabotaje.

–Se me ha ocurrido –admitió ella, sin dudarlo.

–¿Y por qué no lo has hecho? –la miró atónito.

–Por muchas razones –suspiró–. A fin de cuentas, no sería lo mejor para Joel. Y ya te estás saboteando tú solo, no necesitas mi ayuda.

–En eso no te pareces nada a tu hermana –dijo él, torciendo la boca.

–¿Eso es un cumplido o un insulto?
–Un cumplido. Tu sinceridad es una de tus cualidades más seductoras.

Nicole contuvo el aliento, incapaz de contestarle con acidez. No tenía sentido, pero lo había echado de menos toda la semana.

–Tenemos que trabajar juntos en esto –dijo él, agarrando su mano y llevándosela a los labios.

–Trabajar juntos implica dos personas, no una sola –arguyó ella, con el corazón en un puño.

–¿Insinúas que soy un vago? –enarcó una ceja.

–Yo no llevo cinco días «Desaparecida en Acción» –se mordió el labio para no sonreír.

–Lo has notado. Y has contado los días.

–Por el bien de Joel –se justificó ella.

–Tomo nota –Rafe asintió lentamente.

Al día siguiente Rafe y Joel pescaron y convencieron a Nicole para que lo intentara también. Él se rió al oír su gritito victorioso cuando pescó su primer pez.

Cuando llegaron al puerto, Rafe vio que Maddie los estaba esperando.

–Maldición –masculló él–. No hace ni veinticuatro horas que salí del despacho.

–¿Qué ocurre? –preguntó Nicole, a su espalda.

–Maddie. Eso significa que algo requiere mi atención inmediata –explicó con cierta decepción. Había planeado pasar una velada tranquila con Joel y Nicole.

–No parece vestida para trabajar –dijo Nicole.

–Puede que tenga una fiesta –sugirió Rafe, fijándose en el vestido negro de su asistente.

Maddie saludó con la mano. En cuanto la tripulación colocó la rampa, subió al yate.

–Bienvenido de vuelta. Decidí esperar a que volvieras para decirte que el trato con Crawford peligra. Está en Fort Lauderdale este fin de semana, para ese acto benéfico del que eres patrocinador. Podrías ir a tranquilizarlo. Puedo llevarte en coche, si quieres.

Él negó con la cabeza.

–No, conduciré yo o pediré a Dan que me lleve –quería que el viaje fuera lo más corto posible–. ¿Se trata del acto para veteranos?

–Sí –afirmó ella, con cierta decepción–. ¿Seguro que no quieres que te lleve?

–Seguro. Veteranos –repitió, mirando a Nicole–. ¿Te gustaría venir?

–¿Qué clase de evento es? –preguntó Nicole.

–Lo organiza un club náutico de Fort Lauderdale para recaudar fondos para veteranos que sufren de síndrome de estrés post-traumático. ¿Sabes quién habla? –le preguntó a Maddie.

–Gerard no-se-qué –contestó ella, tras emitir un leve suspiro.

–Gerard Thomas –Nicole sonrió–. He trabajado con él. Es un orador fantástico.

–Entonces, ven conmigo –sugirió Rafe.

Nicole miró a Maddie y luego a él de nuevo.

–¿Estás seguro?

–Sí.

–¿Y Joel? –apuntó Maddie–. ¿No se sentirá incómodo quedándose en casa sin Nicole?

–Creo que hoy caerá rendido en la cama, y para eso tenemos una niñera –Rafe se frotó las manos–. Decisión tomada. Nicole viene conmigo.

***

–Creo que a Maddie la decepcionó que no la llevaras contigo esta noche –comentó Nicole, mientras Dan, el chófer, conducía la limusina hacia Fort Lauderdale. Rafe y ella se habían cambiado de ropa en casa, antes de salir.

–¿Por qué? –preguntó él, desabrochándose la chaqueta–. Para ella supone una noche libre. Además, así tendré otra oportunidad de mostrarte las ventajas del sur de Florida.

Nicole volvió a preguntarse por la relación entre Rafe y su asistente, pero no quiso cotillear.

–Si estás intentando convencerme, hoy ha sido un día muy agradable –admitió.

–Agradable –se mofó él–. La temperatura en Atlanta era de ocho grados centígrados, con lluvia.

–Vale, en cuestión de meteorología Atlanta pierde, excepto en temporada de huracanes.

–En caso de huracán podemos visitar a mi hermano, en Atlanta, o al otro en Las Vegas. O ir a Aspen, tengo una casa allí. Y si realmente quieres escapar, podemos ir a Italia. Damien llegó a un acuerdo para utilizar un castillo en el que vivieron mis antepasados.

–Eso suena interesante –dijo ella, recordando la vida de lujo que había llevado cuando vivía con su padre–. ¿Cuándo vivió tu familia allí?

–Unos doscientos cincuenta años antes de que mi abuelo hiciera un mal negocio y perdiera la casa familiar.

–Eso es terrible.

–Lo fue, pero obligó a mi padre a venir a América. Por eso nací aquí, y me alegro de ello. Tu tienes un largo linaje, ¿no? Apuesto a que perteneces a más de un exclusivo club de damas.

Nicole nunca había prestado atención a su supuesto pedigrí, otras cosas le importaban más.

–Supongo, pero mi suscripción debe de haber caducado. Ay, señor –dijo ella, burlona.

–Habría jurado que no te perdías una reunión –comentó él sonriente.

–Te habrías equivocado. No es que tengan nada de malo. Hacen cosas maravillosas, como dar becas, organizar actos de caridad...

–¿A cuántas reuniones asististe?

–A unas cuantas, durante las vacaciones de la universidad. Mis padres me obligaban.

–¿Cuándo dejaste de ir?

–En cuanto me marché de casa.

–Y lo hiciste un año después –recordó él.

–Eso lo has leído en el informe de tu detective –lo acusó ella. Se sintió culpable por haberle ocultado que ella también tenía un informe.

–Sí. Te estableciste nada más dejar el hogar familiar. ¿Cómo pudiste comprar algo tan rápido?

–Me sorprende que no obtuvieras esa información –dijo ella–. Mi abuelo materno me dejó un pequeño legado. No tardé en aprender a economizar.

–Tenemos más en común de lo que crees. Yo aprendí a economizar siendo mucho más joven que tú. Apuesto a que para ti fue más difícil.

–Tuve que leer unos cuantos libros sobre el tema –confesó ella–. Para discriminar entre lo necesario y lo deseado. Aprendí a hacer presupuestos –se rió–. Tabitha consideraba la palabra «presupuesto» una blasfemia.

–No me sorprende. Fui de compras con ella más de una vez, en South Beach.

–¿Fuiste de compras con mi hermana? –se sorprendió Nicole. Le costaba imaginarse a Rafe dándole caprichos a Tabitha.

–A joyerías –aclaró él–. Quería diamantes, pero nunca engarzados en una alianza.

–Ah –Nicole se avergonzó por la avaricia de su hermana–. Lo siento.

–Se vive y se aprende. En aquella época, me parecía parte de su encanto.

–¿Y ahora?

–Tabitha era una aprovechada.

Nicole no pudo defender a su hermana, Rafe tenía razón en gran medida.

–Muy distinta de ti. Me pregunto qué habría ocurrido si te hubiera conocido antes que a ella.

–No habría cambiado nada –dijo Nicole–. Ya lo hemos hablado. Tabitha era como una flor para las abejas, en la cuestión de atraer a hombres.

–El reto con Tabitha era mantenerla entretenida –dijo él–. Contigo, el reto es conseguir que abras la puerta. Miro por la ventana y veo que dentro hay mucho –pasó la mano por su frente.

–No merece la pena –dijo ella con ligereza, aunque se estremecía por dentro.

–Eres muy mala mentirosa, Nicole –pasó el pulgar por su labio–. Eso me gusta de ti.

Cuando llegaron al acto benéfico, Rafe presentó a Nicole a sus socios y luego ella se excusó para ir a saludar al ponente. Rafe, observando su entusiasmo al hablar con el hombre, sintió una extraña irritación.

Rafe volvió a concentrarse en su cliente y lo disgustó enterarse de que también había estado hablando con el padre de Nicole. Se preguntó si ella había oído alguna de sus conversaciones y pasado información a su padre para que le robara el negocio. La idea hizo que le hirviera la sangre.

—Nicole, me gustaría presentarte a Derek Crawford —dijo, cuando ella regresó. Su intención era probarla—. Derek es propietario de una empresa de alquiler de yates y llevamos un mes trabajando juntos.

Derek, un hombre de mediana edad con un ego enorme, cuadró los hombros al ver a Nicole.

—Derek, ésta es Nicole Livingstone —dijo Rafe. Observó la reacción de ambos. La sonrisa de Crawford se desvaneció.

—¿Livingstone? —carraspeó—. Eso sí que es una coincidencia. No estarás relacionada con Yates Livingstone Conrad, ¿verdad?

—Él es mi padre —afirmó Nicole, estrechando su mano—. Es un placer. Rafe me dice que es usted un hombre de negocios muy astuto, así que entiendo que le guste trabajar con él.

—¿Y qué diría usted de su padre? —preguntó Crawford con una sonrisa ladina.

—Mi padre siempre separó los negocios de la vida familiar, así que no tengo datos. Pero sí sé que ha tenido éxito —dijo, con voz neutra—. ¿Vive usted en Fort Lauderdale todo el año?

—Soy propietario de varios yates, así que vivo donde quiero. ¿Cómo conoció a Medici, si no ha sido a través de su padre?

—Por mi difunta hermana, la verdad —Nicole miró a su alrededor y vio que todos iban a sentarse—. Parece que la conferencia va a empezar. Ha sido un placer conocerlo, señor Crawford.

—El placer ha sido mío —el hombre miró a Rafe y alzó una ceja—. Estaré en contacto. Livingstone y Medici es la mejor combinación, no lo dudo.

—Damas y caballeros, por favor, ocupen sus asientos para escuchar a nuestro orador invitado —anunció un hombre, al frente de la sala.

—Vamos —Rafe condujo a Nicole a su mesa.

—¿Por eso querías que viniera? —inquirió ella, tensa—. ¿Porque compites con mi padre en este negocio? ¿Querías exhibir a la hija de Conrad Livingstone antes tus competidores para ganar ventaja?

—En absoluto —él estrechó los ojos—. Acabo de enterarme, por Crawford, de que tu padre está intentando pisarme el trato. De hecho, me he preguntado si habías oído alguna de mis conversaciones y habías avisado a tu padre.

Ella lo miró boquiabierta y Rafe supo que Nicole no había intentado sabotear su negocio.

—No me conoces en absoluto —protestó ella con un destello de ira en los ojos azules. Miró al frente y se concentró en el orador.

Durante toda la conferencia, Rafe notó que ella se retorcía de ira. Sintió la tentación de sacarla de la sala y solucionar el asunto, pero se contuvo. Tenían todo el trayecto de vuelta para hablar.

En cuanto acabó la conferencia, Nicole se levantó de la silla. Rafe se unió a ella y rodeó su muñeca con los dedos. Ella se volvió y lo miró.

—Quiero hablar con el orador —dijo.

–Preséntamelo –contestó él.

Nicole exhaló con frustración y sacudió la mano para liberarse de él. Fue hacia el podio.

–Muy bien, Gerard, como siempre.

El hombre, curtido y con la cabeza afeitada, esbozó una sonrisa. Se acercó a Nicole, cojeando.

–Siempre me alegra oír halagos de la mujer más bonita de Atlanta. Sólo hablamos unos segundos antes; no te pregunté qué hacías aquí –Gerald miró por encima de su hombro, a Rafe–. ¿Estás con…?

–Nicole está conmigo –dijo Rafe, extendiendo el brazo–. Rafe Medici.

–Éste es Gerard Thomas –presentó Nicole–. Diría que es un ex marine pero…

–Un marine lo es para siempre –acabó Rafe.

Gerard asintió, mirándolos como si intentara evaluar la relación que había entre ellos.

–¿Tu traslado aquí es algo permanente?

–No… –empezó Nicole.

–Estoy intentando que lo sea –dijo Rafe.

–Es complicado. Rafe es el padre biológico de Joel –explicó Nicole.

–Ah. No sabía que él entrara en la ecuación.

–Ahora sí entro –afirmó Rafe.

–Estamos en un periodo de transición. Rafe vive en South Beach.

–Odiaría que los veteranos de Atlanta te perdieran –le dijo Gerard.

–Aún no hay nada decidido –apuntó ella.

–Vivo cerca, así que llámame si decides quedarte y trabajar aquí –se volvió hacia Rafe–. Encantado de conocerlo, señor Medici. Todos apreciamos mucho a Nicole. Es una mujer especial. Joel siempre ha sido su prioridad.

–Sigue siéndolo. Mucho gusto –dijo Rafe. Más gente se acercaba a saludar a Gerard–. ¿Estás lista para que nos vayamos? –le preguntó a Nicole.

Ella asintió con la cabeza y él mandó un mensaje de texto al chófer. En cuanto salieron, la limusina se acercó a recogerlos.

Se estaban acomodando cuando sonó el móvil de Rafe. Era Maddie, interesándose por el asunto con Crawford.

–Lo tengo bajo control –le contestó él.

–¿Quieres que me acerque mañana para ponerme al día? –preguntó ella–. Sé que es un negocio importante.

–No es necesario. Me ocuparé personalmente.

–De acuerdo. He encontrado algunos yates en Grand Cayman que podrían interesarte. ¿Quieres que volemos allí mañana? Puedo organizarlo.

Rafe miró a Nicole, que había abierto una botella de agua y hojeaba una revista.

–No. Tengo otros planes.

–De acuerdo, pero sé que odias perder un buen negocio. Hay auténticas gangas.

–Eso puede esperar. Te veré el lunes –apagó el teléfono y miró a Nicole. Su sofisticado vestido negro tenía un escote lo bastante profundo para atraer la atención a sus senos. Deseó sentir su sedoso cabello rubio oscuro sobre la piel desnuda. Lo sorprendió sentirse posesivo respecto a ella.

–¿Hay algo que deba saber respecto a Gerard Thomas y tú?

–¿Qué quieres decir? –lo miró con sorpresa–. Lo conozco desde hace dos años. Sufrió lesiones graves el 11-S y lo licenciaron con honores. Es un incansable defensor de los veteranos, siempre me ha apoyado y ha sido muy bueno con Joel.

–¿Joel? ¿Cuándo ha visto a Joel?

–Unas cuantas veces, en sus visitas a Atlanta. Siempre le traía un juguete.

–Dijiste que no habías estado involucrada con ningún hombre.

–Y es cierto. Gerard es un colega y amigo.

–Que quería y sigue queriendo más –dijo Rafe.

–Me ha invitado a salir unas cuantas veces, pero yo no... –Nicole se encogió de hombros–. No era el momento adecuado.

–¿Y ahora?

–Ahora es aún peor –frunció el ceño–. ¿Por qué me estás haciendo estas preguntas?

–Creo que es importante saber si la madre de mi hijo tiene relaciones con otro hombre.

–No las tengo –dijo ella, riéndose–. Y no es asunto tuyo. Yo no te he preguntado por las mujeres de tu vida.

–Ya te he dicho que no he tenido ninguna relación seria.

–¿Te valdría que yo dijera lo mismo? –volvió a reírse–. No he tenido ninguna relación seria. Sólo unas cuantas aventuras sexuales.

–¿Eso es verdad? –Rafe sintió un escalofrío.

–Era broma –gruñó ella–. No me parece justo que me interrogues cuando tú tienes relaciones bastante cuestionables.

–¿Por ejemplo?

–¿Qué me dices de Maddie? –aventuró ella.

–¿Maddie? Es mi ayudante.

–¿No te acaba de llamar? –miró su reloj–. ¿A las diez de la noche un sábado? –calló.

–¿Qué insinúas?

–Nada. Ha debido de ser un malentendido.

–Estás mintiendo –soltó una risotada–. Venga, dime qué está pasando por ese cerebro tuyo.

–No es asunto mío –movió la cabeza.

–Nicole –urgió él, impaciente.

–¿Hay una historia entre vosotros?

–Lleva años trabajando para mí –Rafe se encogió de hombros.

–Me refiero a una historia romántica.

–Diablos, no –Rafe parpadeó–. ¿Por qué iba a arruinar una relación de trabajo perfecta por sexo?

–Tal vez ella no piense igual –dijo Nicole con dubitativa–. ¿Te has planteado que ella pudiera desear algo más?

–Ni se me ha pasado por la cabeza –se frotó la barbilla–. No sé por qué iba a pensarlo ella.

–Tal vez porque eres muy guapo y rico –Nicole chasqueó la lengua, exasperada–. Creo que está colada por ti.

Rafe consideró la posibilidad, inquieto.

–Dios, espero que te equivoques. Eso complicaría las cosas muchísimo.

Lo pensó de nuevo y desechó la posibilidad. Si Maddie deseara una relación romántica, habría actuado mucho antes. Agradecía que no fuera así, porque él no tenía ningún interés.

–Maddie es mi asistente, nada más. Mi relación contigo es más complicada. Eres la madre de mi hijo. Necesito que confíes en mí.

Capítulo Siete

El corazón de Nicole se desbocó al ver la intensidad de su expresión.

–Es demasiado pronto –inspiró rápidamente–. Necesitamos más tiempo.

–Habla por ti.

–Necesito más tiempo –se mordió el labio.

Él estiró el cuello como si lo tuviera tenso. Ella deseó tocarlo. Sus músculos eran seductores. Su fuerza, casi irresistible. Cerró los puños para no tocarlo, preguntándose por qué la atraía tanto. Siempre había temido a los hombres poderosos.

Condujeron en silencio el resto del camino. Nicole se fue adormilando con cada kilómetro que pasaba y al final se rindió al sueño. Despertó cuando la limusina se detuvo. Estaba echada sobre Rafe, con la cabeza en su hombro.

–Disculpa. Creo que estaba más cansada de lo que creía –dijo, levantando la cabeza.

–No es problema –dijo él con voz grave y sexy–. No pesas.

–Gracias por el tiempo que hemos pasado en el yate. Ha sido… –se le cerró la garganta con una extraña emoción–. Agradable –concluyó.

–Sí –colocó una mano tras su nuca–. Muy agradable –agachó la cabeza y besó su boca.

Ella tendría que haberse apartado, pero él era tan

firme, tan fuerte, que le hacía sentirse bien. Se agarró a sus brazos y permitió que su boca se dejara llevar en un sensual viaje de placer.

–Hum –musitó, cuando él la dejó.

–No digas nada –puso el dedo índice en sus labios–. No entiendo lo que está ocurriendo entre tú y yo. Pero ocurre. Ya lo averiguaremos. ¿Vale?

Ella asintió lentamente, incapaz de emitir sonido alguno. Sabía que necesitaba mantener el control y la racionalidad, pero Rafe la afectaba en un nivel celular, más allá de toda razón.

Él la ayudó a bajar del coche y a subir la escalera. Ya en la puerta de su dormitorio, Nicole se volvió hacia él.

–Gracias –dijo.

–De nada, Nicole –tomó su barbilla con una mano y masajeó sus labios para hacerle abrir la boca. Deslizó la lengua en su interior, saboreándola, tomando cuanto podía tomar pero haciéndole saber que deseaba más, mucho más.

–Di la palabra y pasaré la noche contigo –dijo, mirándola a los ojos.

A ella le dio un bote el corazón. No podría haber dicho nada aunque se le fuera la vida en ello. Estaba sin aliento, con la garganta cerrada.

–Otro día, entonces –él deslizó un dedo por su cuello–. Otro día estaremos juntos de todas las formas posibles.

Se alejó y ella se quedó apoyada en la puerta, rezando porque no se le doblaran las rodillas. Entró y fue al cuarto de baño. Encendió la luz y en el espejo vio a una mujer con los labios hinchados por los besos, ojos casi negros de deseo y mejillas sonrojadas.

Esa mujer era ella. Nicole no recordaba haberse sentido nunca así.

Estaba mareada de deseo y necesidad. Se puso las manos en las mejillas e intentó recuperar el equilibrio. Más que nunca, necesitaba centrarse en lo que era mejor para Joel. Pero Rafe se estaba convirtiendo en una obsesión.

Al día siguiente, no tuvo oportunidad de levantar la guardia de nuevo. Rafe jugó con Joel en la piscina y Joel le pidió que jugara con ellos. La gentileza de Rafe con Joel debilitó sus defensas. Rafe enseñó al niño a flotar y a nadar estilo perro. Después de almorzar unos sándwiches junto a la piscina, Joel estaba lo bastante cansado para echarse la siesta.

Nicole aprovechó para descansar en una tumbona, bajo una enorme sombrilla. Al sentir un peso en la silla, abrió los ojos y vio a Rafe inclinándose hacia ella. Con el pelo aún mojado y gotas de agua sobre la piel morena, él le apartó un mechón de pelo de la mejilla.

–Parece que la mamá está casi tan cansada como el niño –dijo.

Ella asintió y cerró los ojos.

–Entre el yate y el viaje a Fort Lauderdale, estoy agotada.

–Pero te gusta el sol, ¿no?

–El calor es agradable y la brisa deliciosa –afirmó ella.

–¿Sabías que en Atlanta están a 9 grados?

–Tenías que decírmelo, ¿eh? –dijo ella mirándolo de nuevo.

–Creo que podré conseguir que esto te guste –soltó una risa grave que ella sintió en todo el cuerpo–. Y mucho.

–Estaba relajada hasta que has empezado a hablar de Atlanta –volvió a cerrar los ojos.

–Si Atlanta te tensa, mayor razón para quedarte aquí –dijo él. Puso un dedo en sus labios para impedirle decir que era él quien la ponía tensa–. Relájate. Estás en la tierra prometida.

Ella intentó no pensar en las promesas que él podía cumplir. Inspiró profundamente varias veces y se adormiló. Un rato después, Joel llegó y tiró de su brazo.

–Despiértate. Vamos a jugar con la Wii.

Parpadeando, Nicole se incorporó y vio que estaba tapada con una toalla. Dio un abrazo a Joel.

–¿Cuándo te has despertado?

–Hace un montón. Llevas mucho tiempo dormida. Le pedí a papi Rafe que te despertara, pero dijo que no. Te tapó con la toalla –golpeó el suelo con el pie, impaciente–. Quiero jugar con la Wii.

–Vale –sonrió ella. La había emocionado que llamara papi a Rafe–. Ve a jugar, me vestiré.

–¿Estás bien? –preguntó Joel.

–Claro que sí –lo tranquilizó, viendo miedo en sus ojos–. Sólo tenía sueño.

–No estás enferma, ¿verdad?

Nicole negó con la cabeza y lo abrazó.

–No, cielo. Es que anoche me acosté tarde.

–Vale –el niño suspiró con alivio.

Nicole comprendió que, más que nunca, representaba seguridad para Joel. Se preguntó qué sería de él si a ella le pasara algo. Odiaba la idea de que se sintiera asustado y abandonado. Seguía sin confiar en

Rafe, pero era obvio que quería cumplir con su papel de padre de Joel. Tendría que adiestrarlo.

Esa noche, después de que Joel se fuera a la cama, Nicole decidió hablar con Rafe.

–Necesito explicarte cómo ser el padre de Joel.

–¿Vas a decirme cómo ser padre? –Rafe la miró con expresión incrédula.

–Voy a educarte sobre las necesidades de tu hijo y cómo satisfacerlas de la mejor manera.

–Ya tengo mis ideas sobre lo que necesita un chico –Rafe cruzó los brazos sobre el pecho.

–Puede que tus ideas no sean correctas –apuntó ella–. Por ejemplo, ¿sabías que Joel busca su elefante morado cuando se siente inseguro?

–¿Elefante morado? –se sorprendió él.

–Se llama Fred.

–¿Fred?

–A Joel le gustan el zumo de naranja y el de manzana. Si come demasiados dulces o si no se acuesta a su hora, se pone irritable.

–¿Cuántos dulces? –preguntó Rafe–. ¿A qué hora tiene que acostarse? ¿A las diez?

–Más de dos galletas –dijo ella–. Las nueve ya es tarde para él. Mejor si se acuesta a las ocho. Y como has visto, si pasa un día muy activo, necesita una siesta. Funciona mejor cuando tiene un horario. Y tienes que cumplirlo.

–¿Por qué me estás diciendo todo esto?

–Necesitas saber estas cosas si vas en serio con lo de ser un padre para Joel –sintió un pinchazo en el pecho–. Puede que yo no esté siempre presente.

–¿Por qué no? ¿Lo dices porque podrías querer irte con Gerard Thomas?

–No –contestó ella, frustrada–. Eso es lo último que tengo en la cabeza. No sabemos cómo funcionará esta situación. Esta tarde me di cuenta de que no hay garantías. Si me ocurriera algo, Joel ya no viviría con mi prima Julia, como había planeado, sino contigo. No soporto la idea de que se sienta inseguro o abandonado.

Él se acercó y la rodeó con los brazos.

–No va a pasarte nada. Estarás bien. Vas a andar dándole la lata a Joel el resto de tu vida.

Nicole no pudo evitar que sus ojos se llenaran de lágrimas al sentir sus fuertes brazos. Se mordió el labio y rió para esconder sus emociones.

–Me gusta pensarlo, pero ambos sabemos que no hay garantías. Tienes que aprender qué necesita Joel.

–Lo sé. Lo sé. Pero ahora mismo, esta mujercita necesita irse a la cama.

Ella permitió que la guiara hasta su dormitorio, sorprendida por cuánto anhelaba su ternura. Tal vez fuera porque su padre le había ofrecido muy poca. Rafe la obligó a tumbarse en la cama, pero Nicole se sentó de nuevo.

–Tengo que limpiarme los dientes.

–¿Quieres que te desvista? –preguntó él con una sonrisa lobuna

–Tienes que darme un respiro –sonrió y negó con la cabeza–. No puedo ir tan rápido.

–Maldición. Si tuviera menos integridad, haría cosas malas contigo ahora mismo.

–Si no me durmiera –arguyó ella.

–Oh, no te dormirías –dijo él con una mirada de pasión que provocó en ella un cortocircuito–. Te lo prometo.

–Gracias por ayudarme a subir –se obligó a decir ella–. Buenas noches.

–Buenas noches –le apartó el pelo de la frente. Ella suspiró–. Llámame si me necesitas.

–Buenas noches –repitió ella, con más firmeza de la que sentía. No pudo contener una sonrisa.

Rafe no podía dormir. Le pesaba en la mente la responsabilidad de Joel y Nicole. En teoría ella no era su responsabilidad, pero para él si lo era.

Dejó la puerta de la suite abierta, por si acaso su hijo se despertaba en mitad de la noche. Su hijo. A veces aún le costaba creerlo. Se debatía entre el júbilo y el miedo, pero estaba empeñado en ser el padre que él había perdido.

Fue al minibar y se sirvió un trago de whisky que le quemó la garganta. Pensar en Nicole le provocaba un ardor muy diferente.

Por pura conveniencia, la quería para él. Sería más fácil tenerla de su parte en lo relativo a Joel. Pero eso no era todo. Hacía que se sintiera ardiente e inquieto. Caminó por la suite.

Oyó algo, un gemido, y dejó de andar.

–¡No, no! –oyó segundos después. Reconoció la voz de Nicole y fue hacia su dormitorio. Ella gritó dos veces más. Se le encogió el corazón al captar el miedo y desesperación de su voz.

Ella daba vueltas y se debatía, gritando. Se subió a la cama y la tomó en sus brazos.

–¡Socorro! –gritó ella, agitando los brazos.

–Estoy aquí –la apretó contra su cuerpo–. Te tengo. Estás a salvo.

–No puedo respirar. No puedo... –gimió ella, claramente desorientada, aferrándose a él.

–Estás bien. Yo te protegeré.

Ella inspiró profundamente varias veces y luego abrió los ojos.

–¿Rafe?

–Sí. Has tenido una pesadilla.

–Soñé que estaba en el hospital. No podía respirar. Joel lloraba –suspiró–. Lo siento.

–No te disculpes –sintió que se acurrucaba contra él y se estremeció por dentro. Ella tardó unos minutos en volver a respirar con normalidad.

–Debería decirte que te fueras –le susurró. A él se le desbocó el corazón–. Pero no puedo.

Más tarde, Nicole se despertó sintiendo los protectores brazos de Rafe a su alrededor. Desconcertada, intentó recordar por qué estaba en su cama, pero la realidad se fundía con los sueños.

Tenía los senos contra su pecho y las piernas enredadas con las de él. Podría haberse apartado, pero no le apetecía. En vez de eso, enterró el rostro en su cuello y llevó las manos a sus hombros. Siempre había temido ese tipo de fuerza viril, pero en ese momento la anhelaba.

Él gruñó y bajó las manos a sus caderas. Nicole se quedó inmóvil. Él la apretó contra su entrepierna.

«Oh. Socorro», pensó ella.

–Eres deliciosa –murmuró él, frotando la boca en su cabello.

A ella se le aceleró el pulso. Lo deseaba más cerca. La protegería y haría que se sintiera segura.

–Te deseo –dijo él contra su cuello.

Nicole se preguntó si estaba despierto del todo, pero en realidad no le importaba, se sentía bien.

Él tocó uno de sus senos y luego maldijo.

–Quiero estar dentro de ti. Lo más profundo que pueda –se apretó contra ella–. ¿Estás segura de querer esto? –puso la mano bajo su barbilla y la alzó para que sus ojos se encontraran–. ¿Seguro que quieres que te haga mía?

–Sí –susurró ella, temblando de arriba abajo. Su sentido del honor la derretía–. Estoy segura.

Él le bajó las bragas y luego se quitó los calzoncillos. Segundos después, lo sintió frotándose contra el punto más sensible de su cuerpo, ya húmedo e hinchado, al tiempo que le acariciaba los pezones.

Se arqueó contra él y abrió los muslos. Él la acarició con los dedos y capturó su boca con un beso interminable. Con cada caricia se sentía más inquieta y anhelante.

–Rafe –suplicó, ronca.

Sabiendo lo que deseaba, la penetró con una única y deliciosa embestida.

–Oh –gimió ella.

–Oh –repitió él. Con un ritmo perfecto, la llevó al clímax, siguiéndola de inmediato.

Capítulo Ocho

Nicole cerró los ojos, intentando recuperar el aliento. Allí tumbada, junto a Rafe, no podía creer lo rápido, lo fácilmente que... Tragó aire buscando, desesperada, un resquicio de cordura.

Su unión había sido primitiva y apasionada. Ya ni siquiera recordaba su pesadilla. No sabía cómo había podido pasar del terror al placer y a la paz en unos pocos minutos.

Sintió un pinchazo de vulnerabilidad.

Como si lo hubiera percibido, él le agarró la mano. La ternura del gesto, tras una unión tan primitiva, la emocionó y sintió ganas de llorar.

–¿Estás bien? –preguntó él con voz queda.

Ella asintió, pero la gravedad del paso que acababa de dar empezó a hacerle mella.

–No hemos utilizado protección –musitó, liberando su mano e incorporándose.

–Ya, lo sé –él también se sentó.

–Ay, Dios mío –gimió ella con pánico.

–Eh, no te vuelvas loca. Hacerlo una vez sin protección no es garantía de embarazo.

–No, pero...

–Si ocurriera, podemos casarnos –aseveró él con calma.

–Casarnos –lo miró atónita y empezó a mover la cabeza de lado a lado.

–No sería lo peor del mundo. Tú y yo tenemos

algo en común: Joel. Eso es mucho más de lo que suele tener la mayoría de la gente que se casa.

–Pero apenas nos conocemos. No nos amamos.

–¿Y qué es el amor? –se encogió de hombros–. ¿Lujuria desbocada? Creo que hemos demostrado que eso no nos falta.

–¿No crees en el amor? –preguntó ella, horrorizada por su actitud indiferente.

–Hubo un tiempo en el que creí hacerlo –su expresión se volvió cínica–. Me equivoqué.

A Nicole se le cerró el estómago al comprender que hablaba de Tabitha, se había creído enamorado de ella. Durante un horrible segundo, temió ser una especie de sustituta de su hermana. Se tapó con la sábana.

–¿Tienes frío? –preguntó él.

–Yo… sí –carraspeó–. Me resulta difícil decir esto, pero necesito estar sola.

–¿Arrepentida? –preguntó él.

–Abrumada más bien. Ha ocurrido muy rápido –se mordió el labio–. No lo pensé bien.

–¿Insinúas que te he presionado? Porque…

–No. Si acaso, fue al revés. Esa pesadilla me asustó. Estaba desesperada por sentirme viva.

–¿Estás diciendo que habría servido cualquier hombre? –inquirió él, enarcando una ceja.

–Claro que no –suspiró–. No soy yo misma, estoy nerviosa. Necesito… –tomó aire–. Necesito algo de tiempo a solas.

–De acuerdo –pasó un dedo por su nariz–. Pero te aviso que si vuelves a gritar, vendré.

–No habrá más gritos –sonrió ella.

–Tampoco son tan malos –le lanzó una mirada

sensual y se levantó–. En las circunstancias adecuadas, gritar está muy bien.

Ella se obligó a desviar la mirada mientras él se ponía los calzoncillos.

–No te preocupes. Podría ser mucho peor –la sorprendió alzando su barbilla y dándole un beso suave. Luego salió de la habitación.

Ya sola, ella intentó recuperar la racionalidad. Rafe la atraía, pero había muchas razones para no dejarse llevar por sus sentimientos.

En primer lugar, necesitaba ser objetiva por el bien de Joel. Aún tenía que descubrir si Rafe tenía tendencia al maltrato para, si era el caso, alejarlo de Joel. En segundo lugar, su hermana había tenido una relación con él y siempre había evitado a los hombres que salían con ella. Si un hombre se enamoraba de Tabitha, no podía ser adecuado para Nicole; eran demasiado distintas. Por si todo eso fuera poco, acababa de descubrir que Rafe no creía en el amor; ella no se veía pasando el resto de su vida con un hombre tan cínico.

Empezó a dolerle la cabeza. Fue a darse una ducha con la esperanza de que el agua se llevara su confusión por el desagüe.

A la mañana siguiente, a Nicole le costó mucho levantarse. Tras dar el desayuno a Joel, lo llevó en coche al colegio, lo acompañó dentro y se despidió con un beso. Parecía menos nervioso que la semana anterior.

Después volvió a casa Seguía sin entender lo ocurrido la noche anterior, pero sabía que no podía culpar a Rafe. Había sido una participante activa y voluntariosa.

Cuando sonó su teléfono móvil y vio que era su padre, se estremeció. Inspiró profundamente.

–Hola, papá –dijo con tanta calma como pudo.

–Nicole, me ha costado ponerme en contacto contigo. He llamado a tu casa sin éxito –dijo él.

–Eso es porque no estoy allí. Joel y yo nos merecíamos unas vacaciones. Estamos en Florida, pasándolo de maravilla.

–Tendrías que haberme avisado –rezongó él–. Me gusta saber dónde estáis tú y mi nieto.

–No te preocupes –dijo ella, estremeciéndose al oír el tono manipulador de su voz–. Estamos de fábula. Vamos a nadar con los delfines.

–¿Dónde estáis exactamente? –preguntó su padre, tras un incómodo silencio.

–En Miami. En una casita –mintió ella.

–Miami. Tengo contactos de negocios allí. Podría haceros una visita.

–Oh, no sé –Nicole sintió pánico–. Estamos muy ocupados. Joel va a clases de natación y participa en muchas actividades infantiles.

–Hum.

–Bueno, no quiero entretenerte –dijo Nicole, cada vez más nerviosa.

–No sufras por eso. Acabo de volver de Grecia. Estoy negociando un trato con cruceros Argyros. Parece prometedor. Espero cerrarlo la semana que viene.

–Felicidades –dijo ella, por decir algo.

–Cuestión de instinto y trabajo duro. Deja que hable con mi nieto.

–Ahora está en clase. En clase de arte.

–Arte –repitió él con tono condescendiente–. Tienes que buscarle algo más competitivo. Un hombre necesita saber luchar en el mundo.

–Aún no es un hombre –arguyó ella.

–Pero lo será. Y tienes que asegurarte de que esté preparado. Temo que no lo hagas –dijo él, con deje crítico.

–No te preocupes, papá. Aún no ha cumplido cuatro años –intentó controlar su impaciencia.

–Nunca se es demasiado joven para desarrollar el lado competitivo.

–Vale, lo entiendo –Nicole estaba deseando colgar, se sentía acorralada.

–Lo entiendes, ¿pero haces algo? –la retó.

–Claro que sí. Gracias por llamar. Y enhorabuena por ese nuevo trato.

–Volveré a llamar pronto –dijo él. Pero sonó más a amenaza que a otra cosa.

–Adiós. Cuídate –Nicole colgó el teléfono y se quedó mirándolo. Deseó no tener que volver a hablar con él nunca. Su padre le había recordado los interrogantes que tenía respecto a Rafe.

El informe del detective no la había convencido, quería más información. Aprovechando que Joel estaba en el colegio, condujo al centro de Miami para visitar al antiguo jefe de Rafe. Era temprano, pero el club nocturno también ofrecía almuerzos.

La recibió una mujer rubia, con un vestido que le permitía lucir escote y piernas.

–¿Cuántos son para comer? –preguntó.

–Me gustaría hablar con el gerente.

–Keno se ocupa de las contrataciones –dijo la mujer–. Veré si puede hablar contigo ahora.

–Pero... –empezó Nicole. La mujer ya se había ido.

–Ven por aquí –le dijo a su regreso–. Como no estamos muy ocupados, Jeromo puede atenderte.

–En realidad yo no... –calló y siguió a la mujer a un despacho con vistas a la playa.

–¿Quieres trabajo? Necesitamos camareras –dijo un hombre fuerte y de piel morena. Ladeó la cabeza y la estudió–. No estás mal, pero necesitarás más maquillaje y faldas más cortas. ¿Te has planteado teñirte de rubia platino?

–Mi hermana ya lo hizo por mí –Nicole soltó una risita–. No busco trabajo. ¿Es usted el señor Keno? Vengo a preguntar por Rafe Medici. Tengo entendido que fue su empleado hace unos años.

–Sí, soy el señor Keno –alzó una ceja–. ¿Por qué preguntas por Rafe?

–Porque es el padre del hijo de mi hermana. Necesito saber qué clase de hombre es.

–¿Y por qué iba a decírtelo yo?

–Porque es un hombre bueno y con ética –contestó ella, con más esperanza que certeza.

Jerome Keno soltó una carcajada.

–Me han llamado muchas cosas, pero bueno y con ética quedan muy abajo en la lista. Sin embargo, es una buena causa, así que te seguiré la corriente. ¿Qué te preocupa de Rafe?

–Lo demandaron por agresión cuando trabajaba aquí.

–Ocurre de vez en cuando con los porteros –Keno se encogió de hombros–. Mis abogados siempre consiguen que retiren los cargos.

–¿Eso significa que no eran cargos válidos o que sus abogados son muy buenos?

–Las dos cosas. Rafe no utilizaba la fuerza si no era estrictamente necesario.

–¿Diría usted que era un hombre violento? ¿Que tenía problemas de control? –inquirió Nicole, aún inquieta.

–Nunca lo vi perder el control. Si acaso, controlaba demasiado su fuerza física. ¿Por qué lo preguntas?

–Quiero estar segura de que no haría daño a un niño. Es un hombre apasionado. No quiero que maltrate a su hijo.

–No creo que sea capaz de golpear a alguien más débil que él. Su fuerza reside en su autocontrol –hizo una pausa–. Ésa es mi opinión. Pero mi pregunta es: ¿qué harás cuando él descubra que has estado investigando su pasado? Rafe es un hombre muy poderoso.

–A Rafe no lo sorprenderá que haya investigado su pasado. Él ha investigado el mío.

Keno movió la cabeza y se rió.

–Bueno, si necesitas trabajo, llámame. Con una falda corta y una blusa escotada… A mis clientes les gustarías mucho. Y a mí también.

Nicole salió del club con menos dudas, pero empezaba a preguntarse si alguna vez sería capaz de confiar plenamente en Rafe. Temía que su desconfianza en realidad se debiera a su padre.

Al día siguiente, martes, Rafe liberó su agenda de la tarde para la visita de la asistente social. Llegó a casa después de comer y encontró a Nicole, Joel y una mujer de treinta y muchos años, entreteniéndose con un juego de mesa.

–Joel y yo le hemos enseñado la casa a la señora Bell y le hemos presentado al personal –dijo Nicole, mirándolo.

–Gracias –Rafe le ofreció la mano a la mujer–. Agradezco que haya venido –le dijo.

–Me alegro de conocerlo, señor Medici –contestó la señora Bell.

–¿Podemos ir a la piscina? –preguntó Joel.

–Me parece un buen plan –aceptó Rafe.

–¡Bien! –los ojos de Joel se iluminaron como bengalas azules–. Voy a ponerme el bañador.

–Veo que le gusta el agua –la mujer sonrió.

–Oh, sí –dijo Rafe con orgullo–. Es como un pez. Por supuesto, no permitimos que vaya a la piscina sin la supervisión de un adulto.

–Excelente –aprobó la señora Bell–. Nicole ha mencionado las medidas de seguridad que han implantado en la casa.

–Mamá, venga, tenemos que cambiarnos –Joel tiró de la mano de Nicole.

–Discúlpenos. Bajaremos enseguida. Por favor, siéntese junto a la piscina –dijo Rafe–. Pediré al ama de llaves que le lleve algo de beber.

Minutos después, Joel saltaba desde el borde de la piscina a los brazos de Rafe. Riendo alegremente, se aferró a su espalda mientras Rafe cruzaba la piscina nadando.

A Rafe lo sorprendió ver que Nicole no se había puesto el bañador y se quedaba sentada con la señora Bell, pero no era momento para hacer preguntas. Un buen rato después, sacó a Joel del agua, a pesar de sus protestas, para tomar el tentempié que había llevado el ama de llaves.

–Quiero volver a la piscina –anunció Joel, aunque se estaba frotando los ojos.

–Ha sido un día ajetreado. Tal vez necesites descansar un rato –sugirió Rafe.

–No quiero descansar. Quiero ir a la piscina.

–La piscina seguirá aquí mañana. No quiero que te canses demasiado –Rafe se puso en pie–. Hasta los peces se cansan. Creo que voy a pescar a un pececito que lleva un bañador naranja y...

Joel abrió los ojos de par en par, soltó un gritito alborozado y corrió en dirección opuesta.

–¡Joel, no corras! –gritó Rafe. Fue tras su hijo y lo alcanzó justo cuando caía al suelo.

Joel chilló cuando sintió que sus rodillas chocaban contra el suelo de cemento.

–Ay, amigo, eso duele –dijo Rafe, alzándolo en brazos.

–Mamá –berreó Joel, lloroso.

–No será nada. Déjame ver...

–¡Mamá! –aulló Joel, con el rostro contraído de dolor–. ¡Quiero a mí mamá!

Rafe, sintiéndose impotente, echó un vistazo a los raspones de las rodillas y la pantorrilla. Nicole llegó corriendo y Joel se lanzó a sus brazos, aferrándose a su cuello.

–Cielo, vamos por unas tiritas. Por eso Rafe y yo no queremos que corras por aquí.

–Me duele –sollozó Joel.

–Ya lo sé –lo calmó ella–. Pero lo curaremos –miró por encima del hombro a la señora Bell–. La fuerza de la gravedad nos da lecciones a todos –dijo, antes de entrar en la casa con Joel.

–Ella es muy importante para él, ¿verdad? –dijo la señora Bell, acercándose a Rafe.

Él asintió. El incidente lo había dejado claro.

Sintió un sabor amargo en la boca. La visita de la asistente social había sido un desastre. Necesitaba tener a Nicole de su parte. Era crítico que la convenciera. Se pasó los dedos por el cabello húmedo y se puso la camiseta.

–La acompañaré hasta la puerta –le dijo a la señora Bell, tras unos minutos de conversación cortés. Iban hacia allí cuando Nicole apareció con Joel en brazos. El niño tenía un libro.

–Eh. ¿Cómo estás? –preguntó Rafe.

–Mucho mejor –afirmó Joel, solemne–. Me han puesto tiritas. De dinosaurios.

–Bien por ti –Rafe le revolvió el pelo.

–Mamá ha dicho que si te lo pedía por favor, a lo mejor me leías un cuento en el patio.

–Puedes apostar a que sí –Rafe miró a Nicole sintiendo una oleada de gratitud y otras emociones que no podía definir. Estiró los brazos y su hijo se agarró a él.

Después de acostar a Joel, Rafe y Nicole compartieron una cena silenciosa. La tensión entre ellos era tan espesa que se mascaba. Nicole, que se sentía culpable por haberle ocultado su investigación y que su padre la había preocupado, decidió que tal vez fuera el momento de contárselo todo. Notaba que él la estudiaba con una mezcla de curiosidad y deseo contenido.

–¿Por qué has decidido hacerme quedar bien?

–Dos razones –contestó ella–. Quería que Joel asociara confort y protección contigo, y que la señora Bell viese que estabais creando un vínculo.

–Eso no explica el porqué –arguyó él.

–Quiero que seas un buen padre. Creo que puedes serlo –admitió.

–Me ganaré a mi hijo –alzó la copa hacia ella–. ¿Qué hará falta para ganarme a su madre?

A ella se le paró el corazón un segundo.

–Señor Medici. La señorita Maddie Greene ha venido a verlo –anunció Carol. Rafe hizo un gesto de sorpresa e irritación.

–Que pase. Y tráigale una copa de vino.

–¿Tinto o blanco? –preguntó el ama de llaves.

–Tinto –contestó Rafe. Se volvió hacia Nicole–. No tengo ni idea de por qué ha venido aquí esta noche. Yo no se lo he pedido.

–Tal vez quiera verte –dijo Nicole, haciendo girar el vino en la copa–. Puede que su instinto le advierta que otra mujer ha invadido su territorio, aunque yo…

–Maddie –saludó él, poniéndose en pie–. Qué sorpresa. ¿Qué puede ser tan importante para hacerte venir aquí tan tarde?

–En el yate hemos tenido muchas reuniones fuera de horas de trabajo –dijo ella con voz resentida. Lanzó a Nicole una mirada acusadora.

–Cierto –aceptó él, neutral–. ¿Qué necesitas?

–No es tanto lo que necesito yo como lo que necesitas tú –Maddie lo miró y forzó una sonrisa–. Este contrato tiene que estar firmado mañana –le pasó unos papeles.

–¿Lo ha visto Jeff, mi abogado?

–Por supuesto.

–De acuerdo. Le echaré un vistazo y lo llevaré mañana.

–Pero… –empezó Maddie, frunciendo el ceño.

–Siempre leo lo que firmo –le recordó él.

–Sí, claro –soltó un largo suspiro y se aclaró la garganta–. También hemos recibido un sobre de Italia. No lo he abierto porque pone «Personal», pero pensé que querrías verlo –le dio un sobre.

–Emilia Medici –dijo él, tras estudiar el sobre.

–¿Una pariente tuya? –preguntó Nicole.
–No una que conozca, pero me ha escrito dos veces antes. Me pregunto… –lo interrumpió su teléfono móvil. Miró la pantalla–. Es una llamada internacional. Tengo que contestar. Disculpadme, volveré enseguida –puso rumbo a su despacho.

Cuando desapareció de la vista, Maddie alzó su copa de vino y estudió a Nicole.

–Esto es muy agradable ¿verdad? Vivir en una mansión y tener acceso a Rafe a diario. Seguro que es tentador imaginar que podría haber algo más entre vosotros. Sobre todo teniendo en cuenta que una vez estuvo loco por tu hermana.

–Rafe quiere ofrecerle un hogar a su hijo. Yo sólo los ayudo en el proceso de adaptación. Disculpa –levantó su plato, medio lleno.

–No, no te vayas –Maddie señaló el plato–. No has terminado de cenar.

–Ya he comido bastante –dijo Nicole, que había perdido el apetito por completo.

–No te habré ofendido, ¿verdad? –Maddie dejó la copa y se llevó la mano al cuello–. Es sólo que conozco el efecto que tiene Rafe en la gente, sobre todo en las mujeres. Odiaría verte sufrir. Sería fácil que malinterpretaras sus atenciones.

Nicole sabía que lo mejor era ignorar a esa mujer, pero le picó la curiosidad.

–¿Cómo podría malinterpretar sus atenciones?

–Oh, no –Maddie la miró con compasión–. Ya te ha hechizado. Bueno, es obvio que eres importante para Rafe. Al fin y al cabo, eres la llave de la adaptación de su hijo. Y puede que, inconscientemente, te considere una forma de librarse de su deseo latente por Tabitha –encogió los hombros y tomó un sorbo de vino–. Pero él nunca lo admitiría, es demasiado orgulloso.

Aunque Nicole sabía que Maddie quería a Rafe para ella, no pudo evitar un chisporroteo de duda. Se preguntó por qué había bajado la guardia y había hecho el amor con él.

–Ya está –dijo Rafe, entrando–. Gracias por traer el contrato y el sobre de Italia. Sé que no te pillaba de camino, así que no te entretendré más.

–No te preocupes –dijo Maddie, su rostro se iluminó–. Sabes que mi prioridad es mi trabajo como asistente tuya. Nada es más importante.

–Gracias. Te acompañaré a la puerta.

–Gracias –miró a Nicole de reojo–. Buenas noches, Nicole –se despidió.

Rafe volvió un momento después, pero Nicole estaba en plena ebullición. Se mordió el labio para no criticar a Maddie, a pesar de su resentimiento. Su relación con Rafe distaba de ser ideal, pero tenía la extraña sensación de que Maddie la había contaminado con su visita.

–No esperaba esa interrupción. Tendré que pedirle que avise antes de venir –dijo Rafe.

Nicole asintió en silencio.

–¿Has terminado de cenar? –miró la mesa.

–Ya no tengo hambre. Ha sido un día largo.

–Yo tampoco. Vamos a la sala. Me pregunto qué se contara la tía Emilia esta vez. Era la hermana de mi padre. Nunca se casó; su prometido la dejó cuando la familia perdió la casa.

–Eso es terrible –comentó ella, sintiendo curiosidad por la carta. Lo siguió a la sala.

–¿Quieres beber algo? –se sentó en el sofá y dio una palmadita al asiento de al lado.

–No, estoy bien –contestó ella, inhalando su aroma y sintiendo una extraña combinación de excitación y de algo más profundo e inquietante.

Él abrió el sobre y sacó una carta y tres fotos.

–Oh, Dios mío –musitó, mirando las fotos.

Nicole nunca lo había visto tan emocionado. Se inclinó para echar un vistazo.

–Tienen a un bebé en brazos –dijo–. ¿Son tus padres?

–Sí. Ése soy yo –le mostró otra foto–. Ésos somos mis hermanos y yo, con mi padre.

–Eras un bebé precioso –sonrió Nicole.

Rafe se rió y dejó las fotos en la mesa.

–A ver qué dice la loca de tía Emilia.

Querido Raphael:
Te escribo porque sé que no viviré siempre y quiero que tengas estas fotos de cuando eras un niño. Tu padre me las envió cuando naciste. La foto con tus hermanos me llegó con una de sus últimas cartas. Os quería mucho a ti, Damien, Michael y Leonardo. Todos habéis superado muchas cosas. Damien en Las Vegas, tú en Miami, Michael en Atlanta y Leonardo en Pennsylvania. Ojalá pudiera haberos ayudado tras la muerte de vuestro padre, doy gracias porque a todos os vaya tan bien. Enhorabuena por tu hijo, Joel. Sé que él y su madre serán una fuente de alegría para ti.
Con mucho cariño, Emilia.

–¿Cómo sabe lo de Joel? –Rafe arrugó la frente–. ¿Y a qué viene lo de Leo? Él murió en el mismo accidente de tren que mi padre. Debe de estar mentalmente confusa.

–¿Lo demás es correcto? –preguntó Nicole.

–Sí, pero… –movió la cabeza–. Leo en Pennsylvania. Hum –miró las fotos de nuevo, nostálgico–. Son las únicas fotos que tengo de mi familia. Daría cualquier cosa por tener más.

La intensa emoción de sus ojos hizo mella en Nicole. Rafe ya había mencionado antes que lamentaba no tener fotos de su familia.

–Deberías hacer copias. Sería terrible perderlas.

–Sí, también las escanearé. No tienes ni idea de cuántas noches he pasado deseando tener una foto de mis padres. Cuando murieron y mis hermanos y yo fuimos separados, mi familia de acogida parecía querer simular que mi familia real no había existido. Tras un tiempo, se convirtió en una especie de sueño. Sin fotos, no tenía pruebas.

Nicole sintió que las lágrimas le quemaban los ojos. Se le hizo un nudo en la garganta.

–Tengo algo que me gustaría darte. Volveré enseguida –mordiéndose el labio, subió a su habitación.

Encendió su portátil y revisó el informe que le había enviado el detective, hasta llegar al artículo de periódico sobre la muerte de Anthony Medici. Incluía una foto de la familia. Se veía a cuatro niños de pelo oscuro y rizado, delante de un hombre alto y moreno y una mujer delgada. Se preguntó si Rafe conocía la existencia de esa foto.

Imprimió el artículo y recortó la foto. Bajó a la sala y se la dio. Él la estudió, sorprendido.

–¿Dónde has encontrado esto? –preguntó.

–Es una historia complicada para estas horas de la noche –cruzó los brazos bajo el pecho.

–Me da igual. Cuenta.

–¿Recuerdas que pagaste a un detective para que investigara mi pasado?

–Sí –afirmó él, comprendiendo–. Tú hiciste lo mismo conmigo. ¿Descubriste algo interesante?

–En general, confirma lo que me habías contado –se removió en el asiento, nerviosa.

–Es tarde, así que ve al grano. ¿Qué fue lo que te molestó? ¿Que no estudiase en un colegio de pago? ¿O que mi familia no llegara en el Mayflower?

–Las demandas por agresión –confesó ella.

–De mis tiempos de portero de club –farfulló él–. Ya. Mi trabajo era sacar a los clientes descontrolados del local. Por desgracia, cuando perdían el control no querían irse. Desestimaron todos los cargos –aclaró.

–Lo sé –dijo ella, deseando que eso bastara para acabar con sus temores–. Pero Tabitha me dijo que eras abusivo y controlador.

–No dejas de repetir eso –ladeó la cabeza–. No te diría que la golpeé, ¿verdad? Nunca he pegado a una mujer. ¿Qué diablos te contó?

–No dijo que le pegaras, pero no dejaba de decir que eras un abusón.

–¿A eso se debían todas las preguntas que me has hecho sobre el castigo físico? –preguntó él, con un deje de amargura en la voz.

–Tenía que asegurarme de que no harías daño a Joel. Ella decía que eras como nuestro padre.

–¿Y qué quiere decir eso? –Rafe encogió los hombros–. Lo único que sé de tu padre es que es un esnob y un hombre de negocios de éxito. Yo no soy ningún esnob, pero también he triunfado.

–Mi padre nos maltrataba –confesó ella–. Por eso yo lo evito. Y por eso lo abandonó mi madre. Recibió una enorme compensación económica por no revelar cuántas veces la había abofeteado. A Tabitha se le daba mejor que a mí manejarlo. Cobró unas cuantas veces, pero la mayoría de las veces él se cebaba conmigo.

–¿Tu padre te pegaba? –la miró fijamente.

–No puedo demostrarlo –le dolió captar su incredulidad–. No tienes por qué creerme, pero es la verdad. Por eso tenía que asegurarme de que Joel estaría seguro contigo.

–Te creo –la miró a los ojos–. No soy un hombre violento, pero me encantaría darle una paliza a tu padre por haberte maltratado.

–Tal vez ahora entiendas por qué necesito saber que no harás daño a Joel –dijo ella, sintiendo un intenso alivio.

–No se lo haré –se acercó a ella–. Ni a ti tampoco. Sin embargo, no puedo prometer que no golpearía a alguien que os amenazara a Joel o a ti.

–Esperemos que eso no ocurra nunca.

–Ojalá supiera por qué tu hermana mintió sobre mí –agarró su mano y la besó.

–A mí también me gustaría saberlo –musitó Nicole, distraída por el contacto de sus labios.

–Estaba descontrolada cuando la conocí. Una vez la encontré tomando pastillas. Le hice jurar que las dejaría. Pensé que sería una buena influencia para ella y le pedí que se casara conmigo. Tenía la esperanza de ayudarla.

Tabitha había ocultado que tomaba drogas, pero Nicole siempre lo había sospechado. Cuando Joel nació, había rezado por que su drogadicción no lo hubiera afectado.

–Siempre pensé que ella era la más fuerte –dijo–. Mientras crecíamos se atrevía a retar a mi padre por cualquier cosa.

–¿A ella no la maltrataba?

–Rara vez, solía conseguir escabullirse de su ira. Aún no sé cómo lo hacía.

–Y tú te llevabas los golpes –concluyó él con disgusto.

–No sé por qué. Intentaba ser invisible pero no funcionaba. Siempre era un alivio volver al internado para alejarme de él –lo miró–. No quiero que pienses que soy una desagradecida.

–¿Desagradecida? –repitió él, perplejo.

–Fui muy afortunada por tener unos padres ricos que podían enviarme a los mejores colegios. Recibí cuidados médicos y educación.

–Y también maltrato. No te merecías eso.

–Hago lo posible por recordarme eso.

–Yo te lo recordaré –dijo él, rodeándola con sus brazos.

Nicole se refugió en él y en su fuerza. Alzó las manos y le acarició el cabello.

–Esto no es nada inteligente –dijo, sin empeño.

–No estoy de acuerdo. A mí me parece muy bien –bajó la cabeza y besó sus labios.

Nicole se aferró a él, deseando absorber su fuerza para no volver a sentirse débil o vulnerable.

–Quiero pasar la noche contigo –murmuró él contra su cuello.

–Rafe –dijo ella, desgarrándose por dentro.

–Dime que no lo deseas –pidió él–. Dime que no quieres estar conmigo.

–Sí quiero –admitió ella. Se obligó a apartarse de él. No quería confundir a Joel si Rafe perdía interés por ella–. Pero estar contigo sólo complicará las cosas. No podemos hacer esto.

Capítulo Nueve

Rafe recogió a su hermano, Michael, en el aeropuerto privado.

–Menuda sorpresa –dijo. Su hermano tiró la mochila en el asiento trasero del Corvette.

–Gracias por recogerme –dijo Michael–. Suelo volar por la mañana, pero este tipo quería una reunión a las ocho, y no me fiaba de las aerolíneas comerciales en invierno.

–Aquí no es invierno –comentó Rafe, metiendo la marcha y saliendo de la Terminal.

–No me lo restriegues –rió Michael–. ¿Cómo está tu hijo? ¿Y Nicole?

–Joel está muy bien. A Nicole tengo que trabajármela un poco más –gruñó Rafe. Decidió no hablarle de tía Emilia hasta que no pudiera enseñarle las fotos–. ¿Qué negocio te trae desde Atlanta a una reunión matutina en Miami?

Michael lo informó sobre el negocio. Veinte minutos después, Rafe aparcaba en su garaje.

–Bonita casa –comentó Michael.

–La parte de atrás es mejor –dijo Rafe, sonriente–. Entra, hermanito –Rafe abrió la puerta que comunicaba el garaje con la casa y oyó el chillido de Joel.

–¡Está en casa!

–¿Dónde está mi chico? –gritó Rafe, incapaz de ocultar su júbilo. Joel llegó corriendo.

—Joel, estás mojado —protestó Nicole—. Deja que te seque.

El niño resbaló hacia él como si el suelo de madera fuera una pista de patinaje. Rafe corrió a alzarlo en brazos para que no se cayera.

—Eh, tienes que secarte los pies, o podrías tener problemas.

—Acabo de nadar —Joel sonrió de oreja o oreja—. Ya puedo ir de un lado de la piscina al otro.

—Bravo por ti —dijo Rafe—. ¿Te acuerdas de tu tío Michael, de Atlanta?

—Nos conocimos antes de que te fueras —dijo Michael. Joel lo miró con desconcierto—. Tranquilo, chaval —Michael se rió—. La próxima vez te traeré un regalo.

—No hace falta —intervino Nicole—. Tiene de todo.

—Parece que os habéis divertido —dijo Rafe, mirándola de pies a cabeza. Llevaba un bikini negro que pedía a gritos que se lo quitaran.

Ella asintió y se volvió hacia Michael.

—Disculpa mi vestimenta. No esperaba visitas.

—No hay nada que disculpar —dijo Michael—. Deberías recibir a todas las visitas así. Es una buena manera de dejarlas sin habla.

—Pediré a Carol que te lleve a tu habitación —dijo Rafe. Fulminó a su hermano con la mirada.

—Pero estoy disfrutando —protestó Michael.

—Carol —llamó Rafe, sintiéndose protector.

—Sí —el ama de llaves apareció de inmediato.

—Por favor, lleva a mi hermano a la habitación de invitados azul.

—Sí, señor. Bienvenido —dijo la mujer.

—Gracias —contestó Michael.

—Eres un tirano —rezongó Michael, pero siguió al ama de llaves.

—He tocado una rana —anunció Joel.

—¿En serio? —Rafe lo abrazó—. ¿Y qué te ha parecido?

—Era resbaladiza. Me gustan las ranas. Y cómo croan —dijo Joel—. Mi profe dice que la semana que viene traerá tortugas.

—¿Te gusta el cole?

—Es divertido. Y me gusta la piscina que hay.

Rafe miró a Nicole con expresión triunfal, pero se apagó al ver incertidumbre en su rostro.

—¿Estás bien? —preguntó.

—Sí, claro —dijo ella. Pero sonó forzada—. Es hora de bañar y acostar a Joel.

—Puedo ayudar —ofreció él.

Ella parecía estar a punto de protestar, pero cerró la boca de repente.

—Eso estaría bien —dijo. Condujo a Joel escaleras arriba y Rafe la siguió, mirando su trasero.

Se excitó al recordar cómo la había hecho suya. Repetiría, sólo era cuestión de tiempo.

La ayudó a bañar a Joel y, después de que Nicole le pusiera el pijama, Rafe le leyó dos cuentos. Joel se durmió antes de que acabara el segundo. Tras arroparlo, volvió a la planta baja.

Nicole y Michael, sentados ante la barra del bar, comían helado. Sintió una inesperada punzada de celos. Nicole, con el pelo mojado, llevaba pantalones cortos, que mostraban sus largas piernas, y una camiseta sin hombros.

—¿Cómo es que me he perdido la fiesta? —preguntó, con tono liviano.

–Entré en la cocina y vi a Nicole tomando helado –dijo Michael–. No pude resistirme.

«Ya, seguro», pensó Rafe.

–¿Hay más? –preguntó.

–Puedo darte del mío –dijo Nicole. Él se sintió algo mejor. Ella alzó la cuchara y él aceptó y tragó el helado de chocolate.

–Está delicioso –dijo él–. Quiero más.

Ella le dio otra cucharada y él lamió el helado antes de tragárselo. Vio cómo los ojos de ella oscurecían de excitación y deseo. Michael tosió con discreción.

–Nicole dice que has recibido una carta de la tía Emilia, ¿no?

–Te he hecho una copia –dijo Rafe, llevando la mano a su maletín. Había mirado las fotos muchas veces a lo largo del día–. Estas imágenes le dan un cariz de realidad a nuestra vida pasada.

–En esa foto, Damien tiene el pelo de punta –dijo Michael, mirando por encima de su hombro.

Rafe asintió y consiguió reírse, aunque sentía que una tenaza le oprimía el corazón.

–Y Leo alza la barbilla como si buscara pelea –estudió los rostros de sus padres–. Recuerdo que pensaba que papá era invencible, pero aquí los dos parecen muy cansados.

–¿Qué esperabas? Tenían que bregar con cuatro diablillos como nosotros –dijo Michael.

–La carta me pareció rara. Quiero que la leas. Emilia dice que Leonardo no está muerto y que ha triunfado en Pennsylvannia –Rafe miró a Michael y vio que palidecía.

–¿Dónde esta esa mujer? Necesito hablar con ella –casi clamó Michael.

—He hecho una búsqueda telefónica utilizando su dirección. Llamé y me dijeron que había sido niñera allí, pero que había cambiado de trabajo sin dejar dirección. He contratado a un detective.

—Es imposible que esté vivo —musitó Michael.

Rafe sabía que Michael se sentía culpable por la muerte de Leonardo. Era él quien debería haber ido con su padre en el tren, a un partido de béisbol, pero lo habían castigado por portarse mal y Leo había ocupado su lugar.

—No te esperances —le advirtió Rafe a Michael.

—Pero ella tiene fotos de todos vosotros. Y sabe lo de Joel —intervino Nicole.

—Eso no es un secreto, ahora que está conmigo —dijo Rafe.

—Me parece algo raro pero...

—Claro que es raro —dijo Rafe—. Ya estamos investigando la cuestionable existencia de Leo. Y también la de ella. Podría contestar a muchas preguntas sobre nuestro pasado. Tal vez haya llegado el momento de exigir respuestas.

Capítulo Diez

El teléfono móvil de Rafe sonó y él dejó a Michael y Nicole en el patio para ir a hablar con su cliente.

–Es fantástico que estés ayudando a Rafe a adaptarse a vivir con Joel –le dijo Michael a Nicole–. Saber que era padre dio un vuelco a su vida. Por supuesto, lo asumió porque él es así.

–No sé cuánta ayuda necesita. Tengo la sensación de que los Medici sois muy capaces en todo lo que hacéis –dijo ella, que había percibido en Michael una fuerza equivalente a la de Rafe.

–Es nuestro instinto de supervivencia.

–Habéis hecho más que sobrevivir. Todos habéis alcanzado el éxito.

–Cierto. Creo que, en parte, es una cuestión de control –sonrió–. No queremos ser pobres, estar a merced de nadie o amar tanto como para que algo o alguien pueda desbaratar nuestro mundo –encogió los hombros–. Pero Damien y Rafe han caído. Damien se enamoró y se casó, y Rafe tiene un hijo por el que daría la vida.

–¿Damien se parece más a ti o a Rafe?

–Damien es como yo multiplicado por diez –dijo Michael–. Lo llamaban *Terminator* porque nunca dejaba que sus emociones lo afectaran. Rafe esconde sus heridas con bromas. Recuerdo que, cuando éramos niños, pisó un clavo y mis padres no lo llevaron al hospital porque le dio por decir que no le dolía demasiado.

–Así que era cabezota incluso antes de que os separaran –dijo Nicole, reflexionando sobre el horror que habían vivido los Medici–. Rafe se ha empeñado en hacerle saber a Joel que tiene un padre que no le fallará nunca. Sé que él mismo sufrió una gran pérdida, pero su actitud es prepotente. Demasiado fuerte, casi da…

–¿Miedo? –apuntó Michael–. Bien, ves más allá de lo superficial. No lo subestimarás.

–Mi hermana lo hizo –dijo ella, preguntándose si Tabitha había temido a Rafe por su poder.

–Creo que tú eres más lista que ella.

–Soy lo bastante lista como para saber que no puedo manejar a un hombre como él –se rió y movió la cabeza de lado a lado.

–¿Por qué dices eso?

–Necesita a una mujer capaz de enfrentarse a él sin parpadear. Además, los hombres poderosos no se conforman con una sola mujer.

Michael hizo una mueca y miró por encima de su hombro.

–Hay que ver lo que puedo llegar a aprender cuando dejo a mi hermano pequeño con la señora de la casa –dijo Rafe.

–No soy la señora de la casa –protestó Nicole, roja, con una mezcla de vergüenza e irritación.

–Pues no hay ninguna otra señora por aquí, aparte de las empleadas. No sé si sentirme halagado o insultado –dijo Rafe–. No sólo no sabes qué tipo de mujer necesito, me acusas de infidelidad cuando ni siquiera he llegado al altar.

–No me refería a ti en concreto. Hablaba de los

hombres poderosos en general. Por lo que he visto, en los matrimonios regidos por el poder hay una gran carencia de amor y lealtad.

–Da la impresión de que tienes ciertos prejuicios respecto a los hombres de éxito –comentó él, con voz ligera, pero firme.

–No he dicho de éxito, he dicho poderosos. Hay una diferencia. Dada mi experiencia, hace tiempo que decidí que si alguna vez me casaba, sería con un hombre vulgar, del montón, vaya.

Michael soltó una risita.

–Puede que eso te resulte difícil, si tenemos en cuenta que tú no eres una mujer del montón.

–No te molestes en halagarme. No me vale.

–Michael –dijo él–. ¿Dirías que Nicole es una mujer normal, del montón?

–Ni en un millón de años.

–Da la impresión de ser dulce y tímida –dijo Rafe–. Educación y clase. Hasta que abre la boca.

–No hables de mí como si no estuviera aquí –rezongó ella. El maldito hombre estaba haciendo que se sintiera más viva y real que nunca. No sabía si odiarlo o amarlo por ello.

–Eso es más que difícil –dijo Rafe.

Incapaz de soportar su voz seductora y su tono retador, Nicole alzó las manos, vencida.

–Me voy a la cama. Sois tal para cual.

–¿Ya te has rendido? –la retó Rafe, burlón.

–Por citar a tu hermano –dijo ella por encima del hombro–. Ni en un millón de años.

***

—Tienes razón. Más que difícil —dijo Michael, cuando Nicole se fue—. ¿Qué planes tienes?

—Voy a casarme con ella —afirmó Rafe.

—Caramba —Michael abrió los ojos de par en par—. Eso si que es rápido.

—Puede que se retrase un poco —Rafe encogió los hombros—. Pero lo conseguiré.

—¿Y ella lo sabe?

—Aún no. Pero pronto lo sabrá.

—He visto chispas entre vosotros, hermano, pero no sé si ella está convencida —comentó Michael, dubitativo—. No parece impresionada.

—No lo está —Rafe estrechó lo ojos—. Pero eso da igual. Lo que importa es que es la madre de Joel y yo soy su padre. Seremos una familia. No permitiré que Joel sufra como yo sufrí. La convenceré antes o después.

—Disculpa mi ignorancia —dijo su hermano—, pero no he oído nada que incluya romance, y menos amor. Por lo que sé, la mayoría de las mujeres quieren una cosa o la otra, si no ambas.

—Ya perdí la cabeza por la hermana de Nicole. Me porté como un idiota. Ya he hecho la penitencia de amor-lujuria, no repetiré. Nicole transigirá porque Joel le importa más que nada. Comprenderá que casarnos es lo mejor para él.

—Hum —musitó Michael, sin más.

—¿Qué? —a Rafe lo irritó la falta de confianza de su hermano—. ¿Dudas que pueda conseguirlo?

—No sé. La verdad, no creo que esta mujer vaya a comprometerse contigo tan fácilmente. Parece que tiene algo en contra de los hombres triunfadores. Si vas evitar el romance y ni siquiera vas a simular que la quieres, no creo que lo consigas, hermano. Por muy sobrado que estés de encanto cuando quieres.

–No te sorprendas cuando te telefonee para decirte que estoy comprometido –dijo Rafe.

–Vale –dijo Michael, poco convencido–. ¿Qué opinas de nuestra tía de Italia? ¿Crees que está cuerda? –hizo una larga pausa–. ¿Puedes imaginar que Leo esté vivo? –inquirió con voz anhelante.

–Como dije antes, no contaría con ello

–Si está vivo, lo encontraré –dijo Michael.

–Vale. Es improbable, pero yo también investigaré el asunto –dijo Rafe.

–También era improbable que tú triunfaras en los negocios, y lo hiciste.

–Cierto. Supongo que no hay nada imposible.

–Te deseo suerte convenciendo a Nicole de eso –bromeó Rafe.

–No me machaques –Rafe le dio un puñetazo amistoso–. Ella ya lo hace por tres como tú.

El sábado por la mañana, Rafe trabajó en casa y después pasó un rato en el gimnasio. Estaba tomando un café y leyendo el periódico cuando Nicole y Joel bajaron las escalera. Ambos lucían vaqueros, camiseta y zapatillas deportivas.

–Parece que tenéis planes –aventuró.

–Tenemos algo importante que hacer –afirmó Joel, solemne–. Después de desayunar vamos a ir a repartir sopa.

–¿Sopa? –Rafe miró a Nicole, confuso.

–Sí. Joel y yo vamos a ayudar en un local de caridad –afirmó ella con orgullo–. Éramos voluntarios en Atlanta y aquí también.

–¿Por qué no me lo habéis dicho? Habría subvencionado comida para varios meses, si no un año –farfulló Rafe.

–No es cuestión de dinero, sino de voluntariado –aclaró Nicole–. De acción y entrega.

–Ah –comprendió que intentaba enseñarle a Joel una lección. Y Joel parecía orgulloso de participar. Eso lo picó. Dejó el periódico a un lado–. Bueno, iré con vosotros.

–¿En serio? –Nicole parpadeó.

–Claro. ¿Por qué no? Sólo hay que repartir comida. Eso puedo hacerlo.

–Sí. Pero también hay que ser respetuoso con la gente –dijo ella.

–¿Respetuoso? –se señaló el pecho–. Lo soy.

–Vale. ¿Te importa que vayamos sin chófer?

–¿Te avergüenzas de mi dinero? –se rió y movió la cabeza. Era la primera vez que le ocurría eso y, en cierto sentido, le gustó la sensación.

Dos horas después, su perspectiva había dado un giro en redondo. Había servido comida a un ex director ejecutivo, a una mujer sin hogar y a una docena de niños. Rafe siempre había dedicado un porcentaje de sus ingresos a la caridad pero, al poner manos a la obra, comprendió que su contribución era insuficiente.

No pudo dejar de admirar la empatía de Nicole y el esfuerzo de Joel. Vio que el niño animaba a adultos y niños y se sintió muy orgulloso de él.

–Lo has hecho muy bien, Joel –le dijo después, de camino a una heladería–. Choca esos cinco.

–Tú también –dijo Joel, alzando la mano hacia la suya–, para ser la primera vez.

Rafe notó que Nicole se tragaba una risita.

–¿Qué? –rezongó, mirándola–. No estoy acostumbrado a servir comida.

–Sólo necesitas un poco de práctica, papi –lo consoló Joel.

–Sí –emocionado por el apelativo, Rafe le dio un abrazo–. Necesito práctica en muchas cosas.

–Mejoras día a día –murmuró Nicole.

–Eso es un gran halago, viniendo de ti –dijo él–. Pones el nivel muy alto.

–Bueno, convertirse en padre soltero de repente es un gran reto –concedió ella.

–No me siento como un padre soltero –dijo él, dejando que Joel se alejara con su helado–. Tengo una compañera muy experta.

–Hace tiempo que no te doy clase de cómo ser papá –sonrió y luego soltó una risita–. Lección número dos: no hay padres expertos, todos somos principiantes y hacemos lo que podemos.

–Si ésa es la lección número dos, ¿cuál era la número uno?

–Hay que querer sin condiciones.

–Oído, maestra –farfulló él. Se preguntó qué tendría que hacer para que Nicole se casara con él.

Después de acostar a Joel, Nicole se retiró y no pudo interrogarla. Él trabajó en un plan de expansión internacional de la empresa hasta que le entró sueño y se fue a la cama.

Los gritos de Nicole lo despertaron. Corrió a su dormitorio.

–No, no. No puedes quedarte con él. Arruinarías

su vida –gritaba ella, peleando con las sábanas y con un demonio invisible.

–Nicole, estás soñando –dijo él, poniendo una mano en su hombro.

–No. No dejaré que te lo lleves.

–Nicole, cariño, despierta.

Ella movió la cabeza y parpadeó.

–¿Rafe?

–Sí, soy yo.

–Era mi padre –tomó aire–. Llamó otra vez y me dejó un mensaje. Intenta llevarse a Joel.

–¿Qué? –Rafe se alarmó–. ¿Hablas del sueño?

–No –ella se lamió los labios resecos–. Siempre ha querido a Joel. Yo no podía permitirlo, él lo habría destruido.

–Nicole, ¿estás segura de lo que dices? ¿Tu padre intenta quitarte a Joel?

–Sí. Como rechacé su apoyo económico, no pudo llevárselo –cerró los ojos–. Me vigila, esperando un momento de debilidad o fracaso.

–¿Y llevas viviendo así desde la muerte de Tabitha? –Rafe blasfemó entre dientes al ver que asentía.

–Me llamó hace una semana. Quería venir de visita. Creo que sólo lo impidió un trato que está negociando con una empresa griega.

–Argyros –Rafe estrechó los ojos.

–Sí, eso me suena –abrió los ojos–. Hoy me ha dejado un mensaje, insistiendo en venir. No puedo permitir que se lleve a Joel.

–Hay una solución –dijo él.

–¿Cuál?

–Cásate conmigo.

Capítulo Once

—¿Qué sentido tendría eso? —Nicole tenía el corazón desbocado como un caballo salvaje.

—A pesar de la influencia y dinero de tu padre, no tendría nada que hacer contra nosotros dos juntos —explicó él, con un deje de amargura.

—Pero ¿cómo puedo estar segura de que serás bueno con Joel?

—¿Qué has visto estos días? ¿Qué evidencia tienes? Si adorar a mi hijo fuera un crimen, ¿me declararían culpable? —inquirió él.

Ella sintió una punzada en el corazón. Rafe tenía razón. Aún no era el padre perfecto, pero se había entregado por completo. Eso era innegable.

—De acuerdo —dijo, consciente de que era un paso enorme—. ¿Cómo y cuándo lo haremos?

—Lo antes posible —dijo él—. Me encargaré de que lo organicen todo.

El lunes por la mañana, Rafe y Nicole fueron al juzgado para pedir la licencia matrimonial. A cambio de un par de fotos y ochenta y seis dólares y medio, recibieron un cuadernillo de dieciséis páginas que ofrecía unas cuantas razones que haría huir despavorido a cualquiera que se planteara el matrimonio.

A Rafe le costó mucho no quitárselo a Nicole de las manos y tirarlo a la papelera.

–Esto podría ser un gran error –dijo ella, pasando página tras página.

–Eso es un resumen de los peores casos posibles –dijo él, dándole una palmadita en la rodilla–. Tú y yo somos adultos inteligentes. Tenemos un objetivo común.

–Separación de bienes. Abusos conyugales –gimió ella–. Creo que voy a vomitar.

–Nunca abusaré de ti o de Joel –afirmó él–. Podría matar a tu padre si os pone una mano encima, pero conmigo estaréis a salvo. Te lo juro.

–Una parte de mí te cree –tomó aire–. Otra opina que tu tamaño intimida.

–¿Preferirías que fuera débil? ¿Te gustan más los tipos enclenques y desvalidos?

–No he dicho eso –lo miró de reojo y sonrió–. Tu fuerza me conforta y también me asusta.

–Y te pone a cien –añadió él.

–No he dicho eso –tragó aire.

–Pero es verdad.

–Eso suena a chulería –protestó ella.

–Pero no lo es.

–Porque es verdad –admitió ella–. No hemos hablado de cómo funcionará este matrimonio. ¿Esperas monogamia?

–Sí –dijo él de inmediato.

–No prometas cosas que no puedes cumplir –le advirtió ella, mirándolo a los ojos.

–¿Qué insinúas? –sorprendido, entró en un aparcamiento y paró el motor. ¿Crees que te pediría más de lo que estoy dispuesto a dar yo?

Ella se mordió el labio, sin desviar la mirada.

–Crecí con un hombre rico y poderoso. Él creía que las normas de la monogamia no tenían por qué ser recíprocas en su caso. Y conozco a muchas mujeres para las que la riqueza y el poder son un afrodisíaco. La tentación abunda.

–¿Estamos hablando de tu padre o de mí? –preguntó él, rezumando cinismo.

Los ojos de ella brillaron con emoción.

–Hubo un tiempo en el que deseaste a Tabitha. No soy, ni seré nunca, como ella.

–Me alegro –Rafe inclinó la cabeza y le dio un beso, breve pero firme.

Nicole pasó las veinticuatro horas siguientes dudando de sí misma y de Rafe. Pero cuando se calmaba y lo pensaba bien comprendía que Rafe sólo pretendía hacer lo mejor para Joel. Era obvio que quería a su hijo

Si embargo, su relación con ella era otra historia. Aunque la deseara, no estaba loco de amor. Y esa realidad le dolía. No tendría que doler, pero dolía. Quería que la quisiera como a nadie. A su pesar, se había enamorado de él.

Que Dios la ayudara si nunca le entregaba su corazón. Pasaría una eternidad deseando más de lo que él podía darle. Su esperanza era que, en algún momento, él correspondiera su amor.

Al día siguiente, se vistió para su supuesta boda. Había ido de compras mientras Joel estaba en el colegio. Había comprado un vestido de seda color crema de cintura estilo imperio, que le llegaba a las rodillas, y un bolso de encaje. Completó el conjunto con el collar de perlas que le había regalado su madre en su decimoctavo cumpleaños.

Cuando se miró al espejo, le costó reconocerse. Parecía una novia moderna y segura, a pesar de la enormidad de sus dudas.

Armándose de valor, bajó la escalera y se reunió con Rafe en el vestíbulo. Él llevaba un traje negro y corbata roja. La camisa blanca contrastaba con su piel morena y ojos oscuros.

–Estás preciosa –dijo, ofreciéndole la mano.

–Gracias. Tú también estás muy guapo.

–Eres realmente preciosa –alzo la mano y acarició su cabello.

–¿Estás seguro de que no preferirías que fuera rubia? –preguntó ella, pensando en Tabitha.

–Completamente seguro –le besó la mano–. Vamos a ponernos en marcha.

Nicole se sentó en la limusina y, por primera vez en su vida, le apeteció tomar un martini doble antes del mediodía. Se preguntaba si estaba haciendo lo correcto. Creía que para Joel lo sería, pero no estaba tan segura respecto a sí misma.

Rafe le había ofrecido un generoso contrato prematrimonial, con el entendimiento de que harían todo lo posible por seguir juntos. El acuerdo incluía una cláusula que le concedía la custodia compartida de Joel en caso de separación. Un gran sacrificio por parte de Rafe.

Volvió a preguntarse cómo sería su futuro si Rafe no llegaba a sentir más que pasión sexual por ella. Se le encogió el estómago al pensarlo.

Pocos minutos después, el chófer aparcó ante el

juzgado. Rafe y ella entraron e hicieron sus votos ante el juez de paz. Después, él se inclinó y selló el pacto con un beso.

Nicole lo miró a los ojos, rezando por no haber cometido un error. Él la llevó fuera, de la mano.

—¿Dónde quieres comer?

—Ni siquiera lo he pensado.

—Piénsalo ahora. ¿Con qué comida rápida quieres celebrar nuestra boda?

—Una hamburguesa con queso, pepinillos y mostaza. Patatas fritas y algo de chocolate —dijo ella, tras tomar aire.

—Sé dónde encontrar justo lo que deseas.

Ella pensó que no sabía cuánto lo deseaba a él.

Media hora después, comían hamburguesas, patatas y helado y bebían champán, en el asiento trasero de la limusina.

—Ésta tiene que ser una de las peores combinaciones gastronómicas posibles —dijo ella, tomando un sorbo de champán seguido por una cuchara de helado.

—Baja bien —dijo él, chocando su copa contra la de ella y vaciándola de un trago.

—¿Tendremos que arrepentirnos mañana? —a Nicole le daba vueltas la cabeza.

—Puede. Pero si vamos a tener resaca, más vale que sea por algo que merezca la pena.

Bajó la boca hacia la suya. Su beso la encendió de dentro afuera.

—Pasas del frío al calor en un segundo —murmuró él contra su boca. Acarició uno de sus senos e introdujo la otra mano bajo el borde de su falda. Ella gimió al sentir el calor que recorría su cuerpo como la lava de un volcán.

—Rafe —musitó.

—Eres mi esposa —dijo él, besando su cuello—. Estamos casados. Tenemos que aprovecharlo.

Era su marido, su hombre. Esa idea desató algo primitivo en ella. Se arqueó hacia él y no protestó cuando le subió el vestido y le bajó las bragas. El mundo parecía dar vueltas a su alrededor. Enredó los dedos en su cabello y se perdió en su fuerza y su pasión.

Sus besos la transportaron a otra galaxia en la que sólo él existía. La penetró fácilmente y ella se dejó llevar por el ritmo que la transportaba a cimas nunca imaginadas.

—Rafe —musitó, aferrándose a él.

—Nicole —dijo él llegando al clímax—. Eres mía. Toda mía.

Media hora después aparcaban ante la casa.

—Tendremos luna de miel —afirmó Rafe—. Pero más tarde —capturó su boca con un beso sensual—. Diablos, me gustaría que fuera ahora.

—No podemos dejar solo a Joel aún —dijo ella.

—Estoy de acuerdo —volvió a besarla—. Pero tendrás que seguir recordándomelo.

—Hay tantas cosas que no sé de ti —dijo ella. En ese momento, habría podido creer que la quería por sí misma, no por ser la madre de Joel.

—Ya las descubrirás. Y yo de ti —suspiró—. La niñera llevó a Joel al colegio, ¿verdad?

Nicole asintió.

—Lo odio, pero tengo que trabajar un rato —dijo Rafe—. Volveremos a estar solos después de cenar.

—De acuerdo. ¿En la sala?

—No —la miró con ojos posesivos—. Eres mi esposa, a partir de ahora dormirás en mi suite.

Esa tarde, el chófer llevó a Nicole a recoger a Joel al colegio. Después, la familia compartió una barbacoa preparada por el chef. Filetes para Rafe y Nicole, hamburguesa para Joel. El niño, cansado tras un día muy activo, se acostó temprano.

Rafe aprovechó para llevar a Nicole a su enorme cama.

–Te he deseado desde que te conocí –dijo, desnudándola. Ella se sintió sexy y poderosa–. Haré cuanto haga falta para haceros felices a Joel y a ti –dijo, deslizando la boca por su cuello, senos y abdomen.

Nicole jadeó. No se había sentido tan sensual y sexy en su vida, pero no podía dejar de preguntarse si Rafe la consideraba sólo un medio para un fin. Intentó dejar las dudas de lado.

–Rafe –protestó débilmente al sentir que deslizaba la boca hacia su sexo.

–Deja que te tome en todos los sentidos posibles –la urgió él.

Su boca la llevó a un nivel nuevo, provocándole espasmos de placer. Cuando él alzó sus caderas y la penetró, ella sintió que sus músculos se tensaban alrededor de su miembro. El gemido de placer de él la llevó de nuevo al orgasmo.

–Más –musitó él, entregándose al clímax–. Nunca tendré bastante de ti.

Ella lo abrazó íntimamente y acarició su pelo. Lo entendía porque también quería estar más cerca. Enredó las piernas en su cintura, atrayéndolo. Quería más de él, lo quería todo.

***

Rafe nunca se había sentido tan bien como cuando, la mañana siguiente, se despertó con Nicole desnuda en sus brazos. Su primer instinto fue tomarla de nuevo, pero se contuvo.

Sería mejor darle a su esposa la oportunidad de adaptarse, a pesar de que la noche anterior lo había llevado al paraíso una y otra vez.

Disfrutó de la sensación de la piel desnuda, los senos apoyados en su pecho y los muslos entrelazados con los suyos.

Podría hacerle el amor de nuevo en ese mismo segundo. Desde su fracaso con Tabitha, había pensado que nunca se casaría, pero Nicole le había hecho cambiar de opinión.

Ella pensaba que sólo la quería por Joel, pero se equivocaba. La quería en todos los sentidos de la palabra. Ella le hacía sentir cosas que no había creído poder sentir y le recordaba una parte de sí mismo que había olvidado. Hacía que se sintiera amado y lo motivaba para querer estar siempre a la altura de sus necesidades y de las de Joel.

–Buenos días –dijo ella. Abrió los párpados y suspiró contra su cuello, suave y sensual.

–Buenos días –murmuró él. Deslizó los dedos por la parte externa de sus senos y gruñó al sentir que se apretaba contra él.

Ella llevó las manos a sus hombros y trazó los contornos de sus músculos hasta llegar a las manos. Después acarició su pecho y bajó más.

–Había pensado darte un respiro –gimió él al sentir el contacto de su mano rozar su erección.

–¿Por qué ibas a hacer eso? –preguntó ella.

Incapaz de resistirse al reto sexual que vio en sus

ojos, se tumbó de espaldas y la puso sobre él. Ella abrió los ojos con sorpresa pero, segundos después, alzó las caderas y descendió sobre él, atrapándolo en su interior.

Él había sospechado que había fuego bajo su compostura serena, pero no que lo dejaría sin aliento al montarlo así. Sintió el roce de sus senos cuando se inclinó para besarlo. Hizo un esfuerzo por contenerse hasta que sintió que el cuerpo de ella se tensaba y estremecía, entonces se dejó ir.

–No me canso de ti, Nicole –murmuró.

La mañana siguiente, Nicole se despertó y recordó vagamente que Rafe la había besado antes de irse. Tenía los labios hinchados y sensibilidad en partes secretas de su cuerpo.

–Mama, despierta –dijo Joel, saltando sobre la cama.

–Hola –sonrió al ver su entusiasmo–. ¿Qué plan hay hoy en el colegio?

–Tortugas –dijo él–. Vamos a acariciar tortugas. ¿Puedo traer una a casa?

–Hoy no –dijo ella, revolviéndole el pelo–. Pero quiero un informe sobre las tortugas.

–¿Vamos a comprar una? –preguntó Joel, sin dejar de botar.

–Ya veremos –le dio un golpecito en la nariz–. Antes tenemos que investigar el tema. Vete para que pueda ducharme.

Una hora después, llevó a Joel al colegio y volvió a casa. Cuando entraba, oyó al chófer, Dan, hablando con Carol.

–Tendré que retrasar la revisión de la limusina. El

señor Medici ha llamado y necesita que le lleve un sobre de su despacho.

–Puedo llevarlo yo –ofreció Nicole. Rafe estaba trabajando en el yate, pero le había dicho que podía ir a verlo cuando quisiera. Los últimos dos días habían sido como un sueño. Aunque lucía el anillo de diamantes que él le había puesto en el dedo, el matrimonio sería pareciéndole algo irreal.

–Es muy amable señorita… –el chófer sonrió–, señora Medici, pero no hace falta.

–No será problema. No tengo otros planes –insistió ella.

–Bueno, si está segura –aceptó–. El señor Medici dijo que el sobre está en el escritorio de su despacho, marcado con las letras NA.

–Yo me ocuparé –recogió el sobre y luego fue a su antiguo dormitorio a cepillarse el pelo y ponerse brillo de labios. Se sorprendió al verse en el espejo. Sus ojos brillaban, tenía las mejillas sonrojadas y los labios curvados con una sonrisa.

Era feliz, Joel era feliz y ella quería que Rafe lo fuera también.

Subió al coche y siguió las instrucciones del GPS para llegar al yate. Una vez allí, subió a bordo con el sobre en la mano.

Un empleado le indicó dónde estaba el despacho de Rafe. Bajó las escaleras y oyó voces. La puerta estaba entornada.

Entró y encontró a Rafe en brazos de Maddie.

–Nacimos para estar juntos –decía Maddie, acariciándole el pelo y apretándose contra él–. Esta boda no cambiará nada. Nunca podrás confiar en ella como confías en mí.

Nicole, atónita, dejó caer el sobre. Rafe alzó la cabeza y la miró.

–Nicole –dijo–. No es…

–No –movió la cabeza y dio un paso atrás. Tenía la sensación de que su corazón se había roto en mil pedazos. Se le cerró la garganta–. Yo… –temiendo echarse a llorar, se dio la vuelta y salió corriendo, escaleras arriba. Oyó a Rafe llamarla.

–Nicole, espera. ¡Nicole!

Corrió más. Se sentía como una tonta. Durante dos noches había creído que Rafe y ella conseguirían que su matrimonio funcionara. Pero las normas habituales no funcionaban con los ricos y poderosos. Él haría lo que le viniera en gana, igual que su padre.

Sintió su mano en el brazo e intentó liberarse, pero él agarró sus hombros y la volvió hacia él.

–Tenías razón sobre Maddie. Le dije que nos habíamos casado y se puso como loca. Dijo que era un error, que tenía que estar con ella. Lo viste.

–Dijo que nuestra boda no cambiaría nada entre vosotros –dijo ella, temiendo creerlo.

–Se equivoca. Voy a tener que despedirla. Nunca había hecho nada así hasta hoy.

–¿Vas a despedirla? –Nicole no supo si sentir alivio o lástima por la mujer.

–No tengo opción. Tú y yo acabamos de empezar; Joel y tú sois lo más importante.

Ella se mordió el labio, preguntándose por qué lo creía. Veía sinceridad en sus ojos.

–Te llevaré a casa –dijo él–. No quiero que conduzcas ahora.

–¿Estás seguro? Tu coche está aquí.

–Pediré al chófer que venga a buscarlo –se mesó el

cabello–. Dame cinco minutos. Tengo que despedir a Maddie y hacer que la escolten fuera del yate.

–¿Escoltarla fuera? –parpadeó ella.

–Le enviaré una carta de recomendación, pero tiene que irse de inmediato. Me reuniré contigo en cinco minutos –inclinó la cabeza y besó su boca.

Ella bajó por la pasarela y fue al aparcamiento, sintiendo una punzada de pena por Maddie. Rafe era irresistible y ella lo sabía muy bien.

–¿Cómo está? –le preguntó a Rafe, al verlo llegar. Él le acarició el cabello.

–Eres bellísima por fuera, Nicole, y también por dentro.

–¿Qué quieres decir?

–Acabas de sorprender a una mujer intentando robarte al marido y te preocupa su bienestar. Eso para mí es algo excepcional.

–Lo siento por ella. Me imagino lo que habrá sido trabajar para ti tantos años ocultando sus sentimientos. Eres difícil para las mujeres.

–¿Difícil? –repitió él, arrugando la frente. La ayudó a subir al coche–. ¿Difícil?

–Sí. Eres guapo, rico, agradable y considerado. ¿Cómo podría resistirse una mujer?

–¿Estás diciendo que soy irresistible para ti?

–No necesitas que alimente tu ego.

–Claro que sí. Está hambriento –dijo él.

–Sobrevivirás –Nicole miró por la ventana para ocultar su sonrisa.

Capítulo Doce

Lo único mejor que bromear con Nicole era practicar el sexo con ella. Rafe se sentía como si hubiera ganado un premio al ganarse parte de su confianza. Tras ver su devoción por Joel y cómo se había entregado a él, Rafe sabía que era una mujer de las que sólo se encuentran una vez en la vida. Quería ganársela en mente, cuerpo y alma.

Cuando llegaron a casa, había un coche.

–Me pregunto quién es. ¿Has concertado alguna cita esta tarde? –preguntó Rafe.

–No –ella negó con la cabeza–. ¿No será un cliente tuyo que ha venido aquí por error?

–No. He cerrado un trato esta mañana, antes de la escena con Maddie –apagó el motor–. Vamos a ver quién es.

Rodeando su cintura con una brazo, la condujo a la casa. Carol apareció de inmediato.

–El señor Conrad Livingstone está aquí. Dijo que era el padre de Nicole, así que le dejé entrar.

–Esta bien –miró a Nicole, que se había puesto pálida–. Le diré que se vaya.

–¿Crees que…? –empezó ella.

El señor Livingstone, un hombre alto y distinguido, salió al vestíbulo.

–Vaya, ¿cómo lo haces? –preguntó con acento sureño–. ¿Te llevas a mi hija a la cama y encima me robas el trato con Argyros?

Rafe sintió una oleada de ira. Instintivamente, echó el brazo hacia atrás, para darle un puñetazo.

–No –Nicole sujetó su brazo. Él parpadeó y tomó aire, anhelaba borrar la sonrisa del rostro de ese hombre–. Si le pegas, no serás mejor que él.

Él inspiró de nuevo y bajó el puño.

–En primer lugar, no hable así de mi esposa –vio que Livingstone cambiaba de expresión–. En segundo, he ganado el trato porque negocié mejor que usted –dijo Rafe.

–¿Habláis del trato griego que te mencioné?

–Sí, yo había estado hablando con la misma empresa –afirmó Rafe.

–Bastardo –lo insultó Livingstone.

–Nada de bastardo –Rafe contuvo su ira–. Huérfano, pero no bastardo. Váyase de aquí.

–No sin mi hija y mi nieto –Livingstone miró a Nicole–. No puedes fiarte de este hombre. Sabes que no eres más que una sustituta de Tabitha.

–Calle… –la cólera de Rafe resurgió.

–Sólo te quiere porque tienes a Joel. Te está utilizando –dijo el padre de Nicole.

–Eso es mentira –refutó Rafe–. Nicole es lo mejor que me ha ocurrido en mi vida.

Ella dio un respingo, sorprendida.

–Sólo lo dice para poder quedarse con Joel. Quiere controlar su herencia.

–Eso no tiene sentido –Nicole movió la cabeza–. Rafe tiene dinero de sobra.

Rafe se hinchió de orgullo al oírla.

–Sólo os quiere a Joel y a ti para vengarse de mí, porque puse fin a su relación con Tabitha.

Hasta entonces, Nicole se había mantenido firme,

pero ese último dardo acertó de lleno. Se mordió el labio y cerró los ojos, como si intentara aferrarse a su compostura.

–Nicole, no sabe de lo que habla –dijo Rafe en voz baja, poniendo una mano en su cintura. Ella se tensó al sentirla y eso lo hirió–. Nicole.

–Nicole, soy tu padre, el abuelo de Joel. No permitas que pierda su linaje y herencia como Livingstone. Yo cuidaré de vosotros. Siempre te he apoyado. ¿Dónde estaba Medici cuando nació Joel? ¿O cuando murió Tabitha?

Rafe apretó los puños para controlar su furia. Notaba que Nicole empezaba a titubear y eso era como una cuchillada para él.

–¿Sabes el triunfo que supondría para él asociarse con una Livingstone? –siguió pinchando el padre de Nicole.

Siguió un largo silencio y Rafe se sintió como si colgara al borde de un abismo.

–Rafe no estuvo presente porque no sabía nada de la existencia de Joel. Tú te aseguraste de eso, ¿verdad? –atacó Nicole, por fin.

–Le dije a Tabitha que si no rompía con él, cancelaría su fideicomiso. Lo hice por su bien. Aceptó sin pensárselo un momento –dijo él, dedicando a Rafe una mirada condescendiente–. Ya te he dicho que te quiere como sustituta de Tabitha. Y quiere a Joel para vengarse de mí.

–En eso te equivocas. Puede que yo sólo sea una sustituta, pero quiere ser un padre para Joel. Es muy importante para él. Lo quiere y haría cualquier cosa para protegerlo.

–Yo protegería a Joel –alegó su padre.

–Sólo hasta que te disgustara –Nicole movió la cabeza–. Joel y yo nunca viviremos contigo.

–Te arrepentirás –el rostro de Livingstone se volvió pétreo–. ¿Estás tan desesperada como para aceptar ser la sustituta de tu hermana?

–Fuera de aquí –gritó Rafe. No iba a permitir que torturara a Nicole ni un segundo más.

–¿Quién te crees que eres para darme órdenes? –clamó Livingstone.

–Está en mi casa y quiero que se vaya. Llamaré a seguridad si hace falta.

–No eres lo bastante hombre para echarme tú mismo –lo retó el padre de Nicole.

–Nicole me importa demasiado para recurrir a la violencia con su padre. Fuera –ordenó.

Conrad Livingstone salió. Nicole se abrazó a sí misma, tenía los ojos oscuros y turbulentos. Rafe puso una mano en su brazo, pero ella se apartó.

–Tengo que ir a recoger a Joel. No quiero llegar tarde –le dijo.

–Iré contigo.

–No. Necesito estar sola un rato.

–¿Estás segura de que puedes conducir?

–Sí. Estaré bien –asintió ella–. Necesito un poco de aire.

Rafe le dio las llaves del coche y la observó salir. No pudo evitar preguntarse si había perdido su última oportunidad con la única mujer que le había hecho sentirse completo.

Media hora después, Rafe maldecía, paseando por su despacho. Exceptuando la tragedia de la muerte de su padre y el subsiguiente declive de su madre, siempre se había sentido afortunado. Si no en el amor, al menos en los negocios. Pero parecía que la suerte se había puesto en contra suya. Primero, el incidente con Maddie, después, con el padre de Nicole. Se frotó la cara y maldijo. No sabía cómo iba a conseguir arreglar las cosas con Nicole y hacerle entender lo que sentía por ella.

Nicole y Joel se habían convertido en algo tan importante como su corazón y sus pulmones.

—Señor Medici —dijo Carol, con un sobre marrón en las manos—, siento interrumpirlo.

—¿Sí? —Rafe miró a su ama de llaves.

—Por desgracia, la nueva asistenta rompió un jarrón en el antiguo dormitorio de la señora Medici. El agua cayó en el cajón y en este sobre. No sé si es importante —se lo ofreció.

—Gracias. Echaré un vistazo —abrió el sobre y sacó la copia impresa del informe del detective y dos pasaportes. Arrugó la frente y comprobó que pertenecían a Nicole y a Joel. Hojeó los papeles y se quedó helado al ver un lista de salidas de vuelos internacionales desde Miami, junto con los requisitos para sacar a un menor del país.

Fue como una puñalada en el corazón. Nicole había planeado sacar a Joel del país.

Oyó que se abriría la puerta delantera de la casa.

—¡Papi! —gritó Joel.

—Estoy aquí —contestó, angustiado.

Nicole y Joel entraron comiendo cucuruchos de helado. Nicole le ofreció una tarrina. Rafe estaba tan furioso que habría derretido el helado con sólo mirarlo. Ellos habían estado disfrutando mientras él sudaba sangre.

–Alguien ha estado pasándolo bien –dijo, apoyando las manos en las caderas.

–Parecía un buen día para comer helado –Nicole sonrió vagamente.

–Todos los días son buenos. He acariciado a una tortuga –dijo Joel.

–¿Sí? ¿Y qué te pareció?

–Me gustó, pero prefiero un hámster. Eso es lo que traerán al cole la semana que viene.

–¿En serio? –Rafe alzó las cejas–. Tendrás que contárnoslo. ¿Qué quieres hacer ahora? ¿Nadar?

–Sí, quiero aprender a nadar de verdad.

–Buen chico. Ve a ponerte el bañador.

Joel corrió arriba y Rafe miró a Nicole.

–Tú y yo hablaremos después.

–¿Qué quieres decir? –Nicole se puso seria.

Él le dio el sobre y los papeles.

–Que tendremos que hacer planes nuevos –la dejó allí y subió a ponerse el bañador. Dejó la tarrina de helado sobre el escritorio, sin abrir.

Nicole miró los pasaportes y el listado de vuelos. Se le cayó el alma a los pies. Rafe debía de llevar un rato preguntándose si pensaba escapar del país con su hijo. Llena de remordimientos, se tapó el rostro. El listado era de hacía muchos días.

Según había ido conociendo mejor a Rafe, más segura había estado de que no podía quitarle a su hijo. Joel se estaba encariñando de él y también lo habría herido separándolos. No era una opción.

Pero Rafe estaba furioso y no sabía cómo iba a poder arreglarlo.

Horas después, tras jugar en la piscina y cenar, Rafe y Nicole acostaron a Joel.

–Es hora de hablar –anunció Rafe, tras cerrar la puerta del dormitorio del niño.

Nicole se estremeció. No sabía cómo explicarse y temía que él no la creyera.

–¿Cuándo pensabas llevártelo? –preguntó Rafe, en cuanto llegaron a la sala.

–Sé que no vas a creerlo, pero llevarme a Joel sólo era un plan de emergencia. Tenía que asegurarme de que no le harías daño. Con lo que me había dicho Tabitha y el informe del detective, me pareció que tenía que estar preparada.

–Tienes razón –la miró con ojos fríos como el hielo–. No te creo. Es demasiado conveniente. Al casarte conmigo, conseguiste la custodia compartida de Joel.

–Te recuerdo que tenía la custodia total antes de que tú aparecieras, hace un mes –disparó ella.

–Estaba basada en falsas pretensiones. Tabitha mintió al no incluir mi nombre en la partida de nacimiento y tú ibas a aprovecharte de eso.

–Sólo si era necesario –protestó Nicole–. Sólo si había maltrato físico.

–Pero no lo ha habido –tenía los ojos negros de ira–. Puedes quedarte en el dormitorio principal. Yo volveré al yate.

–No –protestó ella, impulsiva–. Quédate con tu habitación. Joel necesita verte a diario. Volveré a mi antiguo dormitorio.

–Bien –aceptó Rafe, tras una pausa.

Nicole sintió que algo se encogía en su interior. Por desgracia, no era su amor por él; seguía queriendo a Rafe con toda su alma.

Rafe la ignoró durante varios días y noches. Nicole no se sentía capaz de soportar su odio. Creía que sólo la dejaba seguir allí porque sabía que Joel la necesitaba. Desesperada por mejorar la situación, incluso se planteó marcharse, aunque eso la habría destrozado. Una noche, después de que Joel se acostara, se enfrentó a Rafe.

–¿Quieres que me vaya? –le preguntó.

–No. Quiero que te quedes. Mi hijo te necesita.

–He hablado con un abogado. Te devolveré la custodia total y propondré una anulación de nuestro matrimonio.

–¿Anulación? –repitió Rafe con voz cínica–. Consumamos el matrimonio en el camino de vuelta a casa de la supuesta ceremonia.

Ella se estremeció por la amargura que destilaban sus palabras, pero se armó de valor.

–Si anulamos el matrimonio, no habrá custodia compartida y no me deberás ni dinero, ni nada.

–¿Renunciarías a todos tus derechos? –estrechó los ojos y la miró.

–Sí –musitó ella.

–Lo pensaré –dijo, con aire de indiferencia.

Ella supo que lo había perdido para siempre.

Capítulo Trece

Cada día que Nicole pasaba en casa de Rafe era más difícil que el anterior. Se decía que las cosas mejorarían, pero no ocurría. Aceptó la invitación de su prima Julia al bautizo de su hija con una mezcla de alivio y tristeza. Julia le había pedido que fuera la madrina.

–El fin de semana que viene iré a Atlanta –le dijo a Rafe, tras otra cena sin cruzar palabra.

–¿Por cuánto tiempo?

–Dos días. Voy al bautizo de la hija de Julia.

–Vale, pero no te llevarás a Joel.

–No había pensado hacerlo –respondió ella con tono defensivo–. Sabía que no querrías que viniera conmigo. No confías en mí.

–Al contrario. Confío mucho en cómo cuidas a mi hijo, o no seguirías en mi casa.

–Bien, pues el fin de semana que viene no estaré aquí –se levantó, dolida a su pesar–. Puede que eso nos haga bien –iba hacia la puerta cuando sintió la mano de él en su muñeca.

–¿Qué quieres decir con eso? –exigió él.

–Sé que no entiendes cómo pude hacer esos planes de emergencia para proteger a Joel...

–Para llevártelo de su casa y quitárselo a su padre –dijo él con voz cargada de emoción.

–Nunca lo entenderás porque tu padre no te maltrataba y lo perdiste a él y perdiste tu hogar. Sólo ves eso. Me gustaría que, por sólo un momento, imaginaras que tu padre fuera el mío y que te hubiera maltratado.

Siguió un silencio y Nicole empezó a temblar.

–Eso no cambia el que...

Profundamente decepcionada, Nicole liberó su mano y se apartó de Rafe.

–Eso es lo que lo dificulta todo –se obligó a mirarlo–. Nada va a cambiar. Y he hecho otra estupidez que desearía poder cambiar y no puedo.

–¿Qué otra estupidez?

–A pesar de las advertencias de Tabitha, Maddie y mi padre me he... –soltó una risa amarga que ocultaba un sollozo–. ¿Tienes idea de lo difícil que es seguir aquí, casada contigo, sabiendo que me odias? –movió la cabeza–. Me voy a mi habitación.

–Nicole –volvió a agarrar su mano.

–Suéltame. Ya he dicho demasiado.

El viernes siguiente por la tarde, Nicole voló a Atlanta. Horas después, Rafe notó que su hijo iba continuamente del sofá a la ventana.

–¿Va todo bien? –le preguntó.

Joel asintió y se sentó en el sofá, pero balanceaba las piernas con nerviosismo.

–Me pregunto si mamá estará con tía Julia y la bebé Sidney.

Rafe miró su reloj. Nicole había insistido en usar un vuelo comercial, en vez de su jet.

–El avión aterrizó hace media hora, así que ahora estará de camino a casa de tu tía.

–Dijo que me llamaría cuando llegara –Joel cruzó los brazos sobre el pecho.

–Lo hará.

–Va ser madrina de Sidney, pero eso no es una mamá de verdad. Seguirá siendo mi mamá.

–Siempre –dijo Rafe–. Ven, siéntate conmigo.

Joel saltó del sofá y subió al regazo de Rafe. Él sintió una oleada de amor protector por su hijo. Era pequeño y vulnerable. Era obvio que echaba de menos a Nicole.

Lo sorprendente era que Rafe también tenía la sensación de que le faltaba algo. Su ausencia tendría que haberlo liberado de pensar en que su matrimonio era una ficción o en que había llegado a creer que tendría lo que deseaba con ella y con Joel. Pero no sentía ningún alivio.

En las dos semanas que habían pasado desde su boda había esperado ver resentimiento en sus ojos y sólo había visto dolor. Ella se había ofrecido a renunciar a todos sus derechos; él había creído que era una treta, pero ya no estaba seguro.

Joel apoyó la cabeza en el pecho de Rafe y suspiró. Media hora después estaba dormido. Rafe lo subió al dormitorio. Se planteó acostarlo sin hacer que se lavara los dientes, pero sabía que Nicole no lo habría permitido.

Cuando estaba listo para acostarse, Joel sacó un libro sobre animales para que se lo leyera. El móvil de Rafe sonó cuando iba por la mitad. Al ver que era Nicole, se le aceleró el corazón.

–Hola –dijo.

–Hola, gracias por contestar. Le prometí a Joel que llamaría.

–Aquí está –Rafe le puso el teléfono en la oreja a Joel, que preguntó por la bebé y por su tía.

–Sí, he sido bueno. Hemos cenado pizza –hizo una pausa–. Yo también te quiero, mami.

–Deja que hable con ella otra vez –pidió Rafe.

–Te paso a papi –dijo Joel.

–Puedo enviar el jet a recogerte –ofreció Joel.

–No hace falta. Es un vuelo directo.

–De acuerdo. Cuídate.

–Tú también –dijo ella.

–Tengo la mejor mamá del mundo –dijo Joel, frotándose los ojos y apoyándose en Rafe–. Me lee muchos cuentos y juega conmigo. Y me da abrazos. Pero no es muy buena con la Wii.

–Nadie es perfecto –rió Rafe.

–Ella es casi perfecta –Joel abrazó a Rafe–. ¿Vamos a vivir aquí para siempre?

–¿Te gusta estar aquí? –a Rafe lo emocionó la mirada esperanzada de su hijo.

–Me gusta la piscina. Y tú eres muy bueno en la Wii –Joel asintió.

–A mí me gusta tenerte aquí –Rafe lo abrazó.

–Y también das buenos abrazos –bostezó–. Buenas noches.

–Buenas noches.

Rafe apagó la lámpara y salió del dormitorio. De repente, se sintió muy solo. No sabía cuándo su deseo por Nicole se había convertido en necesidad. Su enfado sólo le había permitido sentirse traicionado, nada más.

Entonces, comprendió que, a pesar de sus dudas y preocupaciones, Nicole había hecho todo lo posible por ayudarlo a forjar una relación con su hijo. Lo había apoyado ante la asistente social, lo había creído tras la ridícula escena con Maddie y se había quedado tras oír las acusaciones de su padre. Podría haberse marchado cientos de veces y no lo había hecho.

Rafe empezó a ver con claridad. Supo que al rechazar a Nicole había rechazado el mayor tesoro de su vida. Mesándose el cabello, buscó una manera de reparar el daño. Esa tarde, antes se marcharse, le había parecido muy triste.

Y era culpa suya. Al castigarla se estaba castigando a sí mismo. Se preguntó si había tirado por la borda una relación única en la vida.

Nicole ocupó su asiento en el primer banco de la capilla, mientras Julia y su marido hablaban con el capellán.

Oyó unos pasos y alzó la cabeza. Rafe y Joel caminaban hacia ella. Atónita, se levantó.

—¿Va todo bien? —miró a Joel—. ¿Estás…?

—Está de maravilla —dijo Rafe—. Pensé que tu esposo y tu hijo deberían estar a tu lado cuando te convirtieras en madrina.

—¿Cómo habéis…?

—Tengo un avión —tocó su brazo para que se sentara—. ¿Recuerdas?

—¿Por qué es tan largo el vestido de Sidney? —preguntó Joel, tras darle un abrazo.

—Es un vestido bautismal. Son así —sonrió—. Te he echado de menos.

Él la abrazó de nuevo y se sentó a su lado.

—No entiendo nada —le dijo ella a Rafe.

—Hablaremos después.

Ella lo miró y, por primera vez en semanas, no vio ira en su rostro. Le dio un vuelco el corazón.

Tras la ceremonia, los invitados fueron a casa de Julia y de su esposo a tomar unos canapés.

—Creí que no ibas a venir —le dijo Julia a Rafe.

—Ha sido una decisión de última hora. Espero que no te importe —contestó Rafe.

—En absoluto —miró de Rafe a Nicole. Luego miró a Joel que estaba construyendo un castillo de bloques con otro niño—. Joel parece ocupado. He olvidado un par de regalos en el coche, ¿os importaría ir por ellos?

—No, claro que no —dijo Nicole. Salió de la casa y se frotó los brazos, sorprendida por el frío.

—Ya te has acostumbrado al calor de Miami —dijo Rafe, sustituyendo sus manos por las de él.

—Supongo que sí —asintió ella, desconcertada.

—Estaba equivocado —dijo él.

—¿Disculpa?

—He dicho que estaba equivocado.

—No creí que fueras capaz de decir algo así.

—Cuando descubrí que habías hecho planes para sacar a Joel del país…

—Planes de emergencia —le recordó ella.

—De emergencia —aceptó él—. Me enfadé mucho. Sentí pánico.

Ella tragó saliva.

—Por fin tenía lo que llevaba toda la vida deseando y me asusté. La idea de perder todo lo más importante para mí fue… —inspiró profundamente—. No sólo eres la madre ideal para Joel. Eres mi mujer ideal.

Nicole movió la cabeza, incrédula.

—Tu padre se equivocaba. No eres una sustituta de Tabitha. Tú eres muchísimo más. Has dado la vuelta a mi vida para bien.

—Espero que lo digas en serio.

–Sí, claro que sí.

–Porque me he enamorado de ti –dijo ella.

–¿Eres consciente de lo que has dicho? –ha Rafe casi se le había parado el corazón.

–Estaba deseando decírtelo, pero me daba miedo. Sé que no sientes lo mismo que yo, pero…

–Eh. ¿Cómo sabes que no siento lo mismo?

–Dijiste que no creías en el amor.

–Nunca había conocido a nadie como tú. Me haces desear ser tu hombre, tu protector, tu todo.

–Lo eres –admitió ella.

–Nunca supe lo que era el amor verdadero hasta que entraste en mi vida –entrelazó los dedos con los suyos–. Te quiero, Nicole. Llevo toda la vida esperándote, aún sin conocerte.

–Yo también te quiero –los ojos de ella se llenaron de lágrimas de felicidad.

–Soy el hombre más afortunado del mundo –dijo él, inclinando la cabeza para besarla–. Y tenemos toda una vida por delante, juntos.

Tres semanas después, con Joel ya en la cama, Nicole compartía una enorme tumbona con Rafe, junto a la piscina. No imaginaba que pudiera haber un lugar mejor en el mundo donde estar.

–¿Eres feliz? –preguntó él, besando su frente.

–Sí, ¿y tú?

–Más de lo nunca había soñado.

Ella le ofreció lo labios y compartieron un largo y apasionado beso. Se apoyó en su pecho.

–Te quiero y tú a mí, pero aún hay muchas cosas que no sabemos el uno del otro.

—¿Por ejemplo? —preguntó él.
—Bueno, quiero que pases suficiente tiempo en tu yate porque sé que te gusta. ¿Cuánto necesitas?
—No tanto como solía —dijo él, acariciándole el pelo—. Me siento bien estando contigo y con Joel.
—¿Y tus viajes de negocios? ¿Cuánto tiempo puedes llegar a estar fuera?
—No más de una semana. Dos, máximo. Y es muy posible que os haga venir conmigo.
—¿Alguna vez tuviste una mascota de niño? —preguntó ella, acercándose poco a poco al tema que le interesaba en realidad.
—Tuvimos un perro poco antes de que muriera mi padre, pero luego eso se acabó.
—¿Y ayudabas a cuidar de él?
—Sí. Nos turnábamos. ¿Por qué? ¿Es que Joel quiere un perro? A mí me parece bien.
—Me alegro —dijo ella, ausente—. ¿Has cambiado un pañal alguna vez?
—No que yo recuerde. ¿Por qué?
—Bueno, puede que Julia quiera dejarnos a Sidney alguna vez, para tomarse un descanso —lo miró—. ¿Estarías dispuesto a ayudar?
—¿Con los pañales?
—Y si llora por la noche. Y a la hora del baño.
—Puede que necesite algo de entrenamiento —carraspeó—, pero diablos, sí. ¿Por qué no?
—Me alegra oír eso —le sonrió.
—Dudo que vaya a gustarme lo de los pañales.
—¿Pero ayudarías aun así?
—Sí.
—Genial, porque estoy embarazada.
—¿Qué? —Rafe parpadeó.

—Estoy embarazada —repitió ella.

—Pero sólo lo hemos hecho una vez sin protección —la miró con incredulidad.

—Sí, y dijiste que la gente no suele quedarse embarazada con sólo una vez. Yo sí.

Él la miró en silencio unos segundos.

—Ahora te toca decir: «Cielo, es maravilloso. Me has hecho el hombre más feliz del mundo».

—Me has quitado las palabras de la boca. ¿Estás segura? —tomó su rostro entre las manos.

—Dos pruebas de embarazo y confirmación del médico esta mañana.

Él cerró los ojos y los abrió de nuevo.

—¿Cómo te sientes? —preguntó él, con un sospechoso brillo húmedo en los ojos.

—Tan feliz que casi no lo soporto —musitó ella.

—Te quiero, Nicole. Estoy deseando acompañarte en cada paso del camino. Día a día. No dejas de convertir mis sueños en realidad.

En el Deseo titulado
Un trato muy especial, de Leanne Banks,
podrás continuar la serie
LOS MEDICI

Deseo

Juego seductor
MAUREEN CHILD

Durante tres años, ella había sido la imagen que turbaba sus sueños. El recuerdo de un apasionado y anónimo encuentro empujó al magnate Jesse King a regresar a Morgan Beach, California. Estaba decidido a encontrar a esa mujer misteriosa para poseerla una vez más. Un King jamás perdía.

Bella Cruz no se alegraba en absoluto de ver de nuevo a Jesse King. El millonario la había seducido, abandonándola después... ¡y ni siquiera la reconocía! Pero como era su nuevo casero, debía tener contacto con él. Esperaba que Jesse no descubriera su identidad porque, si así fuera, Bella jamás podría negarse a su seducción.

Había vuelto para reclamarla

¡YA EN TU PUNTO DE VENTA!

Acepte 2 de nuestras mejores novelas de amor GRATIS

¡Y reciba un regalo sorpresa!

Oferta especial de tiempo limitado

Rellene el cupón y envíelo a
Harlequin Reader Service®
3010 Walden Ave.
P.O. Box 1867
Buffalo, N.Y. 14240-1867

¡Sí! Por favor, envíenme 2 novelas de amor de Harlequin (1 Bianca® y 1 Deseo®) gratis, más el regalo sorpresa. Luego remítanme 4 novelas nuevas todos los meses, las cuales recibiré mucho antes de que aparezcan en librerías, y factúrenme al bajo precio de $3,24 cada una, más $0,25 por envío e impuesto de ventas, si corresponde*. Este es el precio total, y es un ahorro de casi el 20% sobre el precio de portada. !Una oferta excelente! Entiendo que el hecho de aceptar estos libros y el regalo no me obliga en forma alguna a la compra de libros adicionales. Y también que puedo devolver cualquier envío y cancelar en cualquier momento. Aún si decido no comprar ningún otro libro de Harlequin, los 2 libros gratis y el regalo sorpresa son míos para siempre.

416 LBN DU7N

Nombre y apellido	(Por favor, letra de molde)	
Dirección	Apartamento No.	
Ciudad	Estado	Zona postal

Esta oferta se limita a un pedido por hogar y no está disponible para los subscriptores actuales de Deseo® y Bianca®.
*Los términos y precios quedan sujetos a cambios sin aviso previo.
Impuestos de ventas aplican en N.Y.

SPN-03 ©2003 Harlequin Enterprises Limited

Bianca

Un playboy argentino...
¡y una chica de los establos embarazada!

El multimillonario jugador de polo Diego Ortega ha recorrido el mundo entero y ha estado con innumerables mujeres. La dulce belleza de la británica Rachel Summers ha saciado su apetito... por lo que no comprende por qué su cuerpo sigue deseándola.

Rachel es consciente de que no es el tipo de mujer que le gusta a Diego... No es muy sofisticada, es una simple chica de campo. Pero eso no significa que deba mostrar todas sus cartas. Había mantenido en secreto su virginidad antes de que se acostara con ella... ¡pero ahora debe decirle que está embarazada de él!

Dulce belleza

Chantelle Shaw

¡YA EN TU PUNTO DE VENTA!

Deseo

En sus términos

TRISH WYLIE

El rico y atractivo Alex Fitzgerald contrató a Merrow O'Connell por sus habilidades como diseñadora de interiores, pero poco después decidió romper su norma más importante y llevarse a aquella belleza irlandesa a la cama. ¡Era la amante perfecta!

Merrow no quería discutir con su jefe, pero estaba acostumbrada a su libertad y no buscaba una relación. ¿Qué haría cuando el rico multimillonario deseara repentinamente que quería ser algo más que su amante?

No mezcles nunca los negocios con el placer

¡YA EN TU PUNTO DE VENTA!